大展好書 好書大展

大展好書 好書大展

心靈雅集
46

紅塵絕唱

海若／著

大展出版社有限公司
DAH-JAAN PUBLISHING CO., LTD.

目次

出版緣起

五十七歲時，盧騷完成了他的懺悔錄，而我的懺悔錄在我恰好四十歲的這年開始執筆。

二十八歲，我白手起家。

三十八歲，我雙掌覆家。

整整十年，我享盡人間一切浮世樂——吃、喝、舞、賭、三溫暖和 Shopping，把年少貧困的記憶還諸天地，不識佈施為何意，更漠視人際關係，一再讓眼、耳、鼻、舌、身、意這六根的「無明」運轉著業力，以致現世報頓現於生活中，正如家母一向認為我是個不孝、敗家女，職員亦在背後數落我「老大」……。直到有一天，我徹徹底底地失去了身邊「以幻為真」的一切——雜誌社、出版公司、房子、貨車、存款、工作夥伴、露水情緣、酒肉朋友及銀行信用。

當虛幻的讚賞不再，我知道，屬於前半生的繁華已然落盡，像個被四壞球保送上壘的棒球選手，經慈悲而智慧的佛陀引渡，回到生命的本壘上。我深信，在覺悟的路途上，只要「任心自在、堅住正念」，一定可以再活出另一片天，創造新的起點，直到尊嚴的生命終結之際……

屬於我們生命中的一切因緣和合，沒有一件事純是「偶然」的，這些無聲與有聲的說法俱是一種有形的力量，在敦促著我一定得完成這本《紅塵絕唱》的寫作計畫，於是，僅只花了四個月的時間，我竟然意外地寫就了其中七萬五千字的文章！願自己這些發露懺悔和修行的故事，能透過文字般若的力量，去感化一樣與我有著心牢過往的人生囚客。

有位泰國當代高僧佗羅邦育法師（Buddhadasa）曾如此說：「一個真正懂得生活藝術的人，會過著一種可作為模範和值得令人讚美的生活方式。他能夠隨緣順性地生活著，得意時不忘形，失意時不沮喪，因為單憑佛法的觀點，他知道，一切本來如此……。」所以個人堅信，佛法定可美化生活。而我——這個夢想擁抱八大藝術的「藝專」畢業生，自此而後，方知終我一生，是有任務的，於是，我明白，在未來漫長的歲月裡，不管透過口或筆，我得傳遞覺悟和修持的訊息，以使人們的生活過得更莊嚴、自在與藝術化。

感謝那些在我精神及財務困頓之極，曾經伸出援手，扶我一把的一百二十位親朋、同業及廠商們！少了他們的甘露，就沒有今天我誓願「著書利世」的悲情。感謝前「省立新竹商職」——朱耘樵恩師，在我得意與失意時，對我所做最真誠的鞭策與鼓勵，當然，成就出版此書因緣的大德們——上傳下頤法師、蔡森明、林文義、朱麗娟、陳瑞中、陳憲仁、李博永、樂崇輝、黃新圳，感謝他們不捨之情，刊登、出版陋文，以及為我校對。

一個人生命的最大價值，在於掌握每一呼吸之間的剎那，積極反觀自性，勇於當下承擔、痛改前非，並去行善助人！

感恩所有此書的「擁有者」，願我們彼此惜緣。

悲欣交集

——續一個「風城」女郎的故事

在我的處女作「一悟覺千秋」中，我曾如此寫著：每個人都是一本值得翻閱的書，而每個人身後的故事就像是一部難懂的經。是的，不管來時路有多坎坷，路總是無限延伸，要你繼續走下去的。而是否走得自在、精進，就得看功夫了！在我的筆座上，有一只數年前購自西德的瑞士手錶，它一直盡本分而沈默地走著歲月的拍子，幾乎不曾停過……，而號稱萬能的「人」，能嗎？

火車像條湧著千濤萬浪的巨河，沿著中南台灣美麗的田原流駛著。窗外，儘管房舍寂寥、青山肅穆，我的思緒卻如關不住的春天，百念怒放，無法遏止。今天，要去台南的北郊參見一位比我年輕十歲的未來老闆，這種心情是十分特別的。回想四月二十六日夜裡夢棺，竟與今年農曆大年初一當夜所夢景象毫不相左——一位皮膚白皙、個子嬌小的少女，坐在她的棺上沉思不已……。以前曾聽人說過，夢棺是吉祥之意，代表已過一個劫數（關卡）。

接著，五月五日，我順了家母的意見，決定停掉已連續累虧七個月的伯樂出版社社務，並開始着手，一一詳記公司的債權額，且一面整理私人財產，逐項編號，準備折價拍賣予廠商們，於是珠寶、飾物、手錶等抵掉了一萬五千元，雙座式大型玻璃書櫥抵掉了八千元，進口的法國沙發及懶骨頭抵掉了六萬元，美國原裝進口波音鋼琴抵掉了七萬元，購自香港的高級絲絨長大衣抵掉了一萬元，一幅名畫「貓」抵掉了三萬二千元。我以貫有的冷靜，面對這些變化，只當我即將告別人世或出家去……。

當這些東西竟很巧妙地於我不在現場時，一一被運走後，我萬分感恩菩薩，似乎有意使我避掉人生八苦之一——「愛別離」的目睹傷痛之情，更感恩廠商們的慈悲，他們沒有一人對我粗聲地埋怨過，當債權額一下子由八十六萬多濃縮成結付二成（抵扣我的私有財產後）的近十三萬時，我兩肩上的債務壓力頓時解除不少。慚愧的是，我雙肩所挑的，是私債的包袱，是辜負了目前尚有五十三位債權人世間財的擔子。

我兩手空空的走出來，正如我兩手空空地來。心中一無惆悵。這種情懷已曾於數年前實習過——一周內迅速廉價變賣掉台北市復興北路路旁的黃金地段房子和一部裕隆萬利車子，然後遠赴歐洲去，所不同的，當時是爲了籌辦另兩家公司的生計，而如今，卻是在短短三年內，連續停掉、轉讓三家白手起業的公司，所謂人生無常的大變數，在我個人身上幾乎歷歷可尋。五月十日，跟隨我已十二年餘的大妹，決定憑她個人的能耐和母親的打拼精神，願冒著全球經濟不景氣的險，繼續守著「伯樂」。

決定此案子之際，母親曾如是說：手掌肉和手背肉都是肉，我不能棄妳妹妹於不顧，我仍然要去上班，以協助她，真是只求付出，不求回報的天下父母心啊！慚愧的是，自從把她的新店房子變賣軋票子後，就很少見她開懷地笑過，因爲那兒有她運動的伴侶和環境，有她晚年的夢……。感恩小妹的手足情深，答應自我遠赴南方另謀生計後，代爲負起養家的重責……。

我合掌感謝一切逆境的考驗，無悔無怨，卸下了整整十三年女扮男裝的鎧甲，輕裝上路，去重新面對爲人夥計的差事，也是一種恬淡、可貴的人生經驗。大丈夫既能屈能伸，而我這一文不名的小女子，又有何不能「全面放下」的？做做諸葛孔明也不錯，不一定老是想當劉備啊！有時，想想自己有如一隻急躁難安、活力充沛，卻也貪得可以的狡兔，縱曾擁有「三」（駿馬、漢堡、伯樂）窟，終也是枉然！倒不如安份地守著眼前的一片天，當下努力耕耘，恰如善於忍辱的烏龜，常年像個哲學家，不急不徐而溫文的散著步……。急，泰半會急掉江山的，慢，卻可能會穩取江山。但有智慧的人，通常是個考慮周詳、圓融的性緩行急者，當計劃一旦成形，助緣一聚，行動就疾如風了！而我，是個標準性行雙急者，成功之門當然不會爲我而開的！

現在，就讓我開始細說性行雙急的從前吧！

二十六歲那年夏天，我自藝專畢業。同年十二月，我因貪著區區五百元的薪差，離開服務近兩年的水牛出版社，開始了另一短暫的全新生活。跳槽到原本誤聽成「味全」大出版社的「問學」出版社時，我才明白，另外尚有兩位以上的股東，彼此都是好朋友。而我是他們唯一的職員，於是，日子就在那位負責挖角的張先生若没外出送書時，兩個人像極了一對輕聲而敏感的貓兒，相依爲伴地過著。除了偶而雨打陽台、電話鈴響外，那份寧靜，真會使人窒息，因爲我始終是個好動者。

爲了維護張老闆的身份尊嚴，我搶先每日灑掃、倒所有的垃圾，在處理編務、印務之外，主動外加一切零星的工作，如作帳等。過了兩個月，這種「深宮」生活使我着實按耐不住了，於是我開口向張先生申請一名女性會計人員來陪我上班，分擔部份工作，蒙他慨然應允，幾天後，我的乾妹——厚玲出現了，因爲我們樂觀的個性十分相似，所以就以姊妹相稱相惜了。

後來，厚玲因交通上的不便而比我早先離開問學出版社，我則因數位股東意見不合而在人事改組下失業了。前後，我才上班了三個多月。後經朋友引介，暫時在家中接了一些英漢詞典的剪貼差事，但因視力不勝負荷，所以就辭去了該項差事。之後，我於報紙的廣告欄中找到一份當推銷員的工作。在第二天職前訓練的午休時間，與坐在我身旁的一位同事陳小姐閒談時，獲悉她甫自某出版社辭去總編輯之職，且一旦聽說她有興趣剪貼英漢詞典，我們就很有默契地彼此交換了先前的工作。

民國六十八年二月二十八日是我個人生命史上關鍵性的一日。我去應徵了「三佑出版社」總編輯的職缺。隔日，我開始展現了爲人主管精明、幹練之風。惜我這位空降部隊狙擊手一下到陸地，就四面遭逢地雷的威脅了。原來，我不但擋了一位年齡比我大、學歷比我好，險些被升爲總編輯的文字編輯，且引起數位與她情同姊妹的編輯群產生了排斥我的心理，經過一個月以來，每日加班，長期孤苦奮鬥後，她們五位仍是連袂總辭，我只好圓滿她們的願了。在這事件的前幾日，錄取我進入公司服務的總經理，臨時因他先前在高雄的退票刑事案件被人揭發後，由兩位警察於某日早晨，以手銬壓著往土城看守所去，留下愣在辦公室茫然不知所措的所有同仁……。

總經理自監獄寫了幾封長信給我，無非表達懇留之意，於是三個月過後，我難卻盛情，在他出獄後的數日內，我用家母當時僅有的私房錢五萬元，加上向二哥哭求而來的先父所贈之遺屋房貸二十九萬餘元，一周內火速加股爲該出版社的股東，忝獲「社長」之名，開始了果真共需三人一同保佑的「三佑」出版社新的營運生涯。

但我這個一向單純的人，一接了社長之職後，才知一切不單純，在答應出面以我爲負責人名義申請空白支票的一個月後，我才突然發覺他們兩位合夥人的債務已由先前口述的二、三十萬膨脹到二、三百萬元，而且，他們已雙雙信用破產的事實因而完全曝光了，只好，我強忍著委屈，爲了一一挽救我的支票信用和公司的名譽，夜夜挑燈、日日苦候，以電話探尋所有可能借錢給我軋票的機緣，哪怕高利三分也在所不惜！那時，幸好貴人不少，從來不曾使我難堪過，只是，當時爲他人債務奔波之餘，體重頓減近十公斤，如今回憶起來，不禁心有戚戚焉。

命運之手似乎從未曾鬆放過我……。三佑出版社於三人合夥的近一年時，三方因各自的經營理念差異頗大，於是一致言明拆夥，結束了一段恩怨難辨的出版塵緣。帶著五百三十餘萬的應付票據債務，我重新邁開一向樂觀的腳步，踏向不可知的未來，揮揮衣袖，我不帶走一片怨雲。

當時所能思維的，只是如何迅速的反敗爲勝！果然不負所望，他們兩位股東在聽了一位住士林的結拜老大陳先生的正義之聲後，答應於每一檔出票日，均由三方的會計人員合作「護關」，後來，他倆雖然於帳上仍各掛有一些尾款無法償付，我也只能對他倆能於重新創業需處處開源節流下，仍願履行承諾而感恩不已！人，只要肯處處包容，絕對可絕地逢生的。

民國六十九年五月十日，駿馬文化公司成立，當年我已二十九歲。辦公舊傢俱泰半由原公司標購而來，餘則由廠商祝賀開業而來。領著三位工作夥伴，我開始過著在艱苦的出版跑道上奔跑的日子。隔年春天某日，無意中，於電話裡獲悉某代理日文圖書翻譯的翻譯社已蒐購了不少愛情小說，但至今仍乏人問津，我靈機一動，馬上約了該公司負責人隔日面談。在翻閱了數本日文書後，我不假思索地請對方每月替我公司主動譯妥三至五本，以準備定時編印上市。結果，這套「羅曼史集」系列創下了我在出版沙場上的奇蹟，之後，加上報章雜誌與電台的記者們頻頻報導，一時聲名大躁！

在公司僅成立年餘時，我已是個清償掉近兩百萬的債務，且擁有不少銀行存款及兩部車子、一間不動產，外加近十名員工的年輕女性負責人了！這期間，恰好從報上得知前兩位股東又因債台高築而雙雙結束了公司業務。九年後，我也因不知惜福、惜緣，且由於這些污染青少年眼、身、意三識的言情小說所造下的「文字業」，使我走上幾乎和他們相同的下場。真是取之於社會，還之於社會，因果絲毫不爽呀！

民國七十一年二月起，我開始分心，積極投入整個社團，僅僅兩年內，我榮獲了數十面獎牌及其他殊榮，並曾在某大社團中，以最冷門的委員會主委參與競選理事乙職而勇取首席之職。因爲名與利得之太快，所以自此而後助長了傲視群倫及揮霍無度的習氣。

民國七十三年春，我所曾精心主編的分會月刊刊物亦獲亞太大會最傑出地方分會出版獎，但如今，儘管放眼望去，滿屋子的獎勵，卻感覺無論如何也抵不上家母一句貼心的讚美話。所以此次大搬家時，我決定全部捨了它們！

猶記得今年母親節晚上，我把寫了三大張滿滿的稿紙，用信封裝好，再別上一朵來自當天開車去楊梅某商展會場上擺攤售書時，由大會所贈的大紅色康乃馨，含著懺悔的淚，我雙膝撲向地上，緊握母親的手臂，請求她寬恕我這個不肖女，母親被這四十年來所不曾目睹過的景象愣了幾秒鐘後，她用手背抹抹眼角的淚，輕輕對我說聲：「乖一些，肯聽話就好。」回頭望向母親微弓的背影，心中有無限的感慨。那封「女兒四十才開始」的信，筆跡潦草，不知她是否字字明白？可是，母子連心，有時連一句解釋也是多餘呀！走進寢室，不禁一眼瞧到角落上的垃圾桶內，不知何時，竟已塞滿衛生紙半桶了，遠觀之下，像極了一大團正怒放的白色山茶花。揉揉哭得酸痛的雙眼，那晚，我睡了一個香甜的夜。

證嚴法師曾說過，子女應該讓父母安心才有福，子女若讓父母煩惱，就有業了；又說，子女未來的前途、婚姻、事業，父母皆看在眼裡，苦在心底……。是的，十三、四年來的慘澹經營，一直到迅速擴大業務、膨脹公司信用，且公司曾自台北市甘谷街遷到信義路三段、文昌街、光復南路二處，再回到三佑出版社曾賃租過的南京東路五段附近所自購的一樓房子內營運，最後再度又遷移至東湖，今年五月三十日，又自東湖西遷至內湖，十三年以來，總共搬了八次之多，這些點滴，母親無不惦記在心，且輒相捲袖，襄助打包、抬運的苦差事。我不知道在這世上，還有哪位母親比她更憂心、操勞的？真的每天打從心底都在對她道著歉。

民國七十八年二月十日，「漢堡漫畫雜誌社」成立。開幕酒會那天，記者朋友竟到了二十幾位，而數百位如雲的賓客也齊聚一堂祝福我們。惜那次第二回更改酒會地點的「黑色」反鵝黃請帖，卻註定了漢堡漫畫黑色的運程。前（七十七）年秋，我請幾位年輕的漫畫家喝午茶。我原本想把某漫畫系列再豐富地編印一些新書給國內的漫畫族看，因而請教他們稿源何處有。没想到，他們積極地鼓勵我改成漫畫雜誌的風貌出現，較能真正培養國內優秀的校園漫畫家，且可擁有無數讀者群，而也較有成就感！於是一向耳輭的我，經不起一再建議、切磋，在聚了幾次「動腦之約」後，我開始獨力着手籌備資金、稿源及出國視察、搜集全球漫畫（曾擁有四千餘册，爲來自三十餘國的作品）的計劃。

爲了成立全省「漢堡漫畫俱樂部」，我在公司前院搭設「漢堡歡樂窩」，且斥資設計十二台可愛的MINI——CAB「漢堡金龜書桌車」給全省十二處展售雜誌點示範。當時，承蒙民生報徐開塵小姐和張夢瑞先生的熱心，曾獨家報導所有大小促銷及會員們的一些冬、夏令營活動，以致於使「漢堡漫畫」

成了青少年大致耳熟能詳的月刊，萬分感謝他們。

記得年少的我，總是喜歡坐在自家店裡的角落，翻閱早期漫畫家所有的漫畫作品，而那時我家買入的漫畫書是租給小孩看的。先父每天把一本本精采的新漫畫書用大夾子夾在門前的吊繩上，而我一定是第一個讀者。為了延續童年的夢，讓國內的青少年能擁有自己的一份漫畫「健康」刊物，以抵制當時已氾濫成災的日本部份不良進口漫畫，我「自不量力」地全力以赴，一天工作十二個小時以上，只為了努力把「漢堡阿姨」的角色做好。更何況，我不能辜負每月來信堆積有如小丘的小讀者們，每月的期待心情。

漢堡漫畫成立之初，職員才六名，到了次年五月讓渡給吳春蘭小姐時，職員已有十二名。回想當年為不少的人事開銷及約十八萬元的銀行貸款輒頭疼欲裂的日子，真是苦不堪言。

同年（七十八年）五月十日，在「駿馬」滿九周歲時，她的姊妹「伯樂出版社」也正式登記成立，以專門出版「非文學」類圖書為主，與漢堡雜誌社同為我獨力經營下的關係事業。在人員編制上，與駿馬當時的現有人員共用。

在吳小姐出面購下經營漢堡漫畫月刊的權利前，我曾遍尋七家大企業主管或富商，研究讓渡或增資合夥的事宜，以企圖挽救十六期下來已累虧千餘萬元的漢堡漫畫，但不是被秘書人員擋掉電話，就是對方因獲利機會偏低而婉拒了我的建議。記得那幾個月，我餐餐食難下嚥，且朝夕爲尋覓事業新夥伴而夜夜失眠到天亮。感恩吳春蘭小姐的慈悲和魄力，也感恩介紹者余正昭先生。

在一面調度新資金期間，我曾運用美國一位了不起的牧師舒勒博士的「可能思考」方式，一一發信給七十餘位同學、好友及社團朋友，請他們發揮友情，支持「一人一萬七折購書愛心行動」，以助我脫困。結果，共有五十餘位友人立即解囊相助，在短短二十天內，我們共籌到了五十餘萬元，這件事真使我畢生難忘！賺錢實在辛苦極了，而肯花大錢購別人指定的書的「義友」更是難得！其中，僅只有一面之緣的星雲大師，在一張明信片上如此寫著：「看妳比我更急著要用錢，兩萬元就先匯去給妳用吧！」在此，合掌感恩他的慈悲。當時，除了發出愛心信函外，我亦變賣了私下收藏的兩幅名畫，以圖自立救濟。可惜另兩家出版社在漢堡雜誌社深癰難癒之下，終於於民國七十九年十一月二十日發生了銀行信用破產的事實。

當時，身無分文的我，因請不起律師來主持債權會議，只好一一寄信給七十餘位債權人，懇切的說明未來的初步償債計劃。日子總要過下去的。多少被謾罵、侮辱的往事已不堪回首。我只知分秒把握當下，抓住任何生機一現的機會，因爲「過去」是雜念，而「未來」是妄想呀！

在一封寄給全國首屈一指的電腦企業王國董事長的私函裡，我如此寫著——

「常常，我覺得在文化原野上跑，好累、好累！每天工作超過十個小時，不知我的收入是否可成全我個人對文化界一廂情願的理想及那些爲我辛勤的員工們？我最近覺得這世界變成『零色彩』了。我早已不知什麼是『快樂』？我相信您一定會支持我的！我相信您會……」

「我的朋友們都說：『林明珠，妳一定要堅強的走下去，就像妳以前曾輝煌的走過來一樣……』。我能不愛惜自己嗎？我欠朋友們的情太多了！」

「您始終是我心目中活生生的巨人，我也會把背挺直，向成功者看齊，不畏任何艱難的走下去，不管路有多長，風沙有多厲……」

在我事業一波三折、愛情亮起紅燈、身體突逢怪病沾惹時，佛家所謂冤親債主都紛紛報到了。這短短三年，我可說歷經了一場生死浩劫。

我一向不擅拒絕別人或管理人事，所以人情稿、顧問費、編輯費與借款予生、熟人後成呆帳，就已達百餘萬元，而在民國七十二年至七十四年的全球經濟不景氣時，公司也連續被倒了兩百餘萬元。

成爲一位「順利」的出版人真的如此困難重重嗎？難道命運只愛捉弄業障深重的人嗎？慧廣法師在其新著《懺悔的理論與方法》的序文內曾如此寫過：「業障常會跟隨修行的人」。但願我能經得起層層的考驗，而成爲一個「正」字標記的三寶弟子。

今年五月二十九日是個令人終身難忘的周末。大妹和母親在另一間辦公室忙著打包，準備搬到新公司（大妹家）去。我則站在亂成一堆的無數抽屜、箱子中整理一切該打包運到南部去的東西。空氣頓時凝固起來，只聽到外頭建築工地作業聲和打包機的聲音，一切似乎靜止下來……。

這時，小莊和佳佳恰好如約出現，她們俱是愛書者，所以打算請她們替我省下一些運費。冷不防，她們先後塞了兩個紅包給我當南下謀生的盤纏。收下後，我不禁悲欣交集，悲的是，今朝如是「受」，喜的是，老友那一份永不褪色的友情正慢慢脹滿心房……。

人生每一個轉折心情，真如弘一大師臨去贈言——「悲欣交集」呀！

〈註〉：本文中所提及的台南差事，因某種人事異動，使我於短短一周內頓時失了業，後來，我發願要爲全省中、南部地方的佛教徒和將來很可能成爲一名佛教徒的讀者們，廣爲流通各書局內的優良佛書及鼓舞人們多禮佛，而下定決心自台北遷移至南台灣，以方便從事流通木雕佛像及中南部書局的出差行程。感激天華出版社、大展出版社、與水牛出版社等主事者的仁慈，恩賜我謀生的因緣，並成全本人的初發心。阿彌陀佛。

一、如是我觀・我聞・我思・我行

一個「心」的公案

民國八十二年二月二十日清晨一點半，我回到了家門口，開了鎖，亮起壁燈，卸下跟著我六天的沉重行李，打算沖個熱水澡，即刻就寢，但我突然發覺鵝黃書架上端，靜靜地躺著一封寄自花蓮「慈濟功德會」的信，迅速拆開一看，不禁使我喜出望外！竟然是一本莊嚴無比的「皈依證」，這本代表我重生的戳記，如此從那個人人心目中的台灣東方琉璃光淨土，飄越了壯麗、蒼翠的中央山脈，無聲息地落在我掌中，於是我連忙向菩薩合掌感謝。當然，那夜，我必然有得失眠了，只因那蒙上人所恩賜的法號「慈因」，使我對它「參」了一個通宵、兩個達旦……。

感激師父不忍見我再沉浮人寰，成日追逐聲色犬馬，要我這個浪女回頭的弟子，於分秒起心動念處，必得畏「因」，勿再招惹惡果，而一切「依因興慈、自慈修因」，以此廣化有情，利益群生。

二月二十八日，我又何其幸運，參與了三年多以來又一次莊嚴而隆重的三皈十戒儀式（共分八個梯次，約有三千多名慈濟功德會委員、幕後委員及慈誠隊員皈依）。上人一開始即大演法音，他說：皈依師是有責任的，而皈依者需有目標，不可盲目。而求心有所明白，尋出生命的真諦，尋找生命的皈依處，是則名爲「真皈依」。

此語一出，正驚醒我這個渾噩的夢中人！不覺滿頰飛紅，熱淚又盈眶了。上人給予弟子們太多的愛了，自己最少應謹守「以佛心爲己心」爲終生的金科玉律，以回報重恩於萬一了。於是我終能明白大方廣佛華嚴經懺中有云：「慧日垂光，銷我身心，業惑霜露，慈風普振，摧重障山，法水長流，洗我心垢，翻三毒心，成三秘藏，普與眾生咸登真界，同彼善財，一生身中，成就普賢十大願王……」此種悲願。

依稀記得與慈濟的因緣很奇特，既非上證下嚴上人講經說法的有聲或圖書出版品引我進入的，也非由某位委員、幕後委員或會員介紹參與的，而是由我當年公司的出版顧問歐陽先生的一位林姓好友，穿針引線而無心插柳柳成蔭的。那時，這位林義融先生服務於花蓮慈濟醫院二樓的某部門。

三年前的一個夏日，我們雙方約好時間，在慈濟醫院首度晤面，並認識了王端正先生。林先生陪我在慈院繞了一圈，後建議前往「靜思精舍」略爲參觀一下，那時，因爲公司財務壓力非常大，無法靜下心去一路用心了解慈濟功德會的四大志業或其人文精神與特色，只覺得精舍建得很典雅、脱俗，有些類似紐西蘭的田園風光，自然而耐看。一向，我耽於名利，漠視周遭所發生的社會人事，更患了嚴重的「缺愛症」，那陣子，只想尋覓任何可以賺錢的機會，以挽救公司。

之後，過了没多久，我積極的聯絡王先生，請他恩賜上人的著作在我公司出版，那時一心一意站在自己的立場上想爭取這份好的收入，因爲上人的著作本本洛陽紙貴，恰可扳回頹勢。

王先生慈祥的告訴我，他下次會到吉林路台北（前）分會的正確時間。那時，我帶了公司一套有關中國式人性管理的招牌書去，哪知，巧逢上人也到了分會，王先生建議我親自向上人請示自己的想法。

於是我將前述那些書雙手贈予上人，而蒙上人慈悲，亦請身旁的弟子德宣師贈我隨師行記（精裝本）、慈濟叮嚀語、靜思語Ⅰ、三十七道品講義、慈濟的訊息等五册書。此舉使我滿心歡喜而感激。這無疑是我這類愛書族最意外的收穫！由貪念堆砌而成的強烈企圖，當然使我敗得灰頭土臉！想想當初自己既非發心護持慈濟四大志業的會員，又何德何能有此福報出版上人的法語呢？

放下妄念，我於短短的時間內捧讀上人的著作，才知所謂「荒漠甘泉」的清涼滋味竟是如此甜美、安適。上人讓我「求魚不着」，卻於虛空中抛擲一支價值千金的釣竿，正如書中文字盡藏生機，我若將他所賜妙法實踐於生活中，則日日信手拈來，要什麼就有什麼了。合掌感恩上人贈竿之情。

記得初次參訪上人那天，小客廳裡擠滿了來參訪的信眾，但給我印象最深刻的是——這輩子第一次瞧到「人跪人」的震撼場面！

尤其是虔誠地五體投地禮敬上人者，其中竟有位花甲老人，他的年齡足以爲上人的父親了；也有看來氣派非「董」字輩莫屬的大商人，撲地有聲，險些肢節俱損！而回想當時尚未皈依三寶，對佛教一無認知與體會的我，竟連何謂

「合掌」也不懂,與上人平起平坐了約二十分鐘,閒聊文化界一些現況後,我站起來準備告辭，並自然地想伸手與上人握別，但卻不知怎地，右手居然臨時抗命，頓時重如鉛塊……。

成爲慈濟的一份子之後，憶及那首次的參晤，實在太珍貴了。正如妙法蓮華經妙莊嚴王本事品第二十七中所云：「佛難得值，如優曇鉢羅華，又如一眼之龜，值浮木孔，而我等宿福深厚，生值佛法……，善知識者，是大因緣，所以化導令得見佛，發阿耨多羅三藐三菩提心。」之意。

而由陳慧劍居士所填詞的慈濟頌——「慈濟世界是佛燈，光輝遍照蒼生，生老病死塵劫茫茫，何處是歸程？菩薩悲懷如慈母，濟度有緣人。細水長流積善行，願化萬億身。慈濟世界是渡船，接引有情迷航，悲歡離合苦海漫漫，何處是故鄉？菩薩哀憫眾生苦，循聲濟災難。軟語温顏積福慧，願雪中送碳。菩薩精神永不厭倦，功德無比倫；菩薩精神永不退轉，保眾生平安！」不正詮釋了我那原本舟孤水寒的心情，正企圖捨離漫漫苦海，放下塵寰風花，駛向明燈熾燃的歸程航道上？

那年十月，二度赴精舍時，是由舍妹陪同。但因人事困頓、心地灰暗，萬緣深鎖心頭，以我這副污穢、難堪的俗夫相去謹見光芒萬丈的證嚴法師，當然不易親近。於是，在精舍知客師，一位長相彷若四姊的如師父冷靜開導後，我暫時拋下煩惱，心中霎時百念俱生，自有了下一步的棋法。感謝他一直耐心地聽取我的「難念經」，並賜妙法，轉我心輪。

三度赴精舍，是在同年年底。前一晚，我正巧去探望自高雄來台北訪友的范姓朋友，她就住在一位目前是慈濟幕後委員蔡芳美師姊的寓所內。我到達之後，方知小客廳內尚有一位其他訪客。經介紹之後，識得一位慈濟的幕後委員孫師姊（她已於八十年年底授證爲委員）。臨分手時，她積極地一再重複明晨有一班「慈濟列車」即將開往花蓮參觀慈濟四大志業的事。我當下即決定，再去一次吧！何況已閱讀了三本前次上人所親賜的著作，其行持與悲願深深令我折服！正想再多去了解他所領導的慈濟——這難行能行的「奇蹟世界」——一下。

太平洋依舊在晨風中低吟，激起了晶瑩的雲浪，從慈濟列車內往窗外看去實在美得出奇。每兩個月一次的花東之旅，成了我當時「新生活」的最愛，因爲在車上，我可以自在的看慈濟刊物、佛書或提筆爲文，或讓窗外平靜田園、青山與秀麗的太平洋養眼一下。

就這樣，自此而後，像個大夢乍醒的遊子，我覓着了屬於自性的另一個家，有著濃烈的依屬感。我知道，慈濟這個真善美的大家庭一定會接納我這個歷盡滄桑的遊子。而且，相信普天之下，也只有慈濟的大家長——證嚴上人，才能降服我這位風裡來、浪裡去的人物！

記得第三次到精舍養神時，隔日，上人在中庭做晨間開示，我躲到左後方的最角落處，默默地聆聽靜思晨語，一直不敢拿正眼看上人，總覺得自己渾身污濁不堪，不配與上人四目交接。

第五次，正逢農曆過年，有一天，我獨自坐在走廊上，正想一面做蠟燭一面聆聽上人晨語，但被一位師父請去中庭內，與大眾一起聽法，沒想到，上人當時所說的一個大男孩沉迷於電動玩具的故事，竟恰似對著自己往昔惡行而來——我和那位男孩都使自己的母親憂惱不已！思及自己的不孝行徑，不禁悔上心頭，悲不能抑，於是當場揮淚不已……。

那位大男孩已當著上人的面，跪著向其母懺悔，而我卻折騰到今（八十二）年的母親節晚上，才肯向家母長跪，請求寬恕。自今而後，我當謹守上人教誨的第十戒——孝順父母。

如此往返精舍數次之後，在民國八十一年的農曆過年正月初二，有位委員林師姊在精舍的二樓大通鋪寮房裡，向我聲色俱厲地遊說，要我速答應她的邀請，站出來，在人群中開始勸募善款，以成就菩薩道的因緣，勿老是常常從台北躲到花蓮來清修，要有「大乘」精神才好！林師姊竟用心地花了二十分鐘在我身上，這下子，一時使我招架不住，心想：自己已斷斷續續來精舍一年餘，雖然跟著緇素二眾做早、晚課之餘，在晚上八點以前，從不敢偷閒看書或去菩提樹下曬太陽、打坐，總是潛心學習常住師父們的「一日不作，一日不食」，分秒必爭，也鮮少午休。但經仔細思量，自己未免太自私了，只會口頭上、心上讚嘆上人的豐功偉業，而護持四大志業的事，則事非關己似的！總認爲每次去精舍小住一晚，隨喜數百元給功德會，就自認爲「仰不愧於天，俯不怍於地」了。

於是乎，在那個寒夜，我居然「汗流浹背」的對林師姊點頭應允，回台北後，一定開始勸募，請她多多傳授要訣，好輕裝上路。

八十一年農曆正月初七清晨，我燃香供佛，在觀世音菩薩像前發願：願與慈濟世界諸上善人，秉承上人宏願，立誓勸世人多多發心，及時行善助人，以一己的智慧與處世經驗，分享眾生，廣渡有緣人入佛門。新曆二月十三日，我真的由孫師姊手中拿到了一本金褐色的勸募簿，這歷史性的一刻，劃亮了我的慈濟路。但不可思議的事發生了！一個月後，我在台中出差時，為了向某位客户勸募，竟把簿子粗心地遺失了，但僅一個月不到的時間，我又拿到了另一本全新的勸募簿了。

整整兩年過去了，也幾乎是在同一時間上，勸募簿又被郵差誤寄回花蓮郵局去了，莫非我與慈濟緣已滅？是的，回想這一年來，心境與思惟上的急速變化，使我由世間法一躍而掉入奧妙的出世間法，那兒有我本就熟悉的東西；原來，心頭風光是可以如此千轉萬化的，而慈濟和我這份塵緣雖已悄然終結，但我始終不後悔曾經擁有過的任何際會，因爲自己十分瞭然，屬於前世的人情，今生今世若不還師父，則於理不合也！而這一切，也正落入因果中啊！

想想過幾年後，自己並不是穿上曾經夢寐以求的慈濟委員旗袍，而是着了袈裟，落髮爲尼，準備深入經藏，再在此番人間地獄行腳不息，廣結佛緣。

這篇文章就把它當成一個「心」的公案吧！

離「葷」三部曲

民國七十九年春，我們台北的一些青商會友聯合了高雄的ＩＭＣ（高雄國際工商經營研究社）社團會員，一同參訪佛光山的星雲大師。座談會席間，突然有人開始興緻盎然地研究起「爲什麼要吃素」這個題目。

范楨——這位曾經聯合報、青年日報報導過的抗癌成功鬥士，她已茹素二十餘年，剴切地站起來說：

「以前，我尚在吃葷的時候，有人對我說，如果我們把一生中所吃過的眾生肉累計起來，再用市價去換算成對牠們的欠款時，我們會嚇得再也不敢繼續負債下去了。」

於是，我開始在桌下扳手指頭，但簡直要算不下去了！因爲愈數愈恐懼！自此而後，我就很想離「葷」了。范楨的話猶如暮鼓晨鐘，敲醒我沈睡已久的良知。只記得當時走出會議室，已忘了身處何地，再經那日中午一桌豐盛的素食大餐，竟也立刻愛上了素料，而在這之前，我卻曾嘲笑過茹素的朋友，他們怎會如此呆？放棄山珍海味不吃，去吃什麼味道都沒有的豆類和蔬菜。原來，這也是菩薩畏因、眾生畏果的一種現象啊！

台北——這個令人紙醉金迷的貪婪之城，供應我過去的最愛之一——牛排，竟能五步一小家、十步一大間餐廳，不斷地殺生下去，可見與我同樣患上了吃癮的饕客，恐怕已有數十萬名之多了。聽說「牛排族」能像我吃那種「三分熟」的牛肉大餐的，爲數卻極少，而當時殘酷的我，竟然能面對服務生上述的市調答案而感到沾沾自喜！忝不以爲恥。甚而讚歎我國的牛排料理舉世無雙，吃遍美、加、紐、澳，連他們土長的本地牛，一經空運到台灣，就色香味俱全了，這真是眼、鼻、舌、身、意五根對牛輩起了大不敬的塵欲。

直到那次我自佛光山下來不久之後，一念之間，就斷絕了想再去與任何一隻牛結惡緣的機會，在立即閉上「屠口」的同時，我也隨順因緣地規勸過去與我有同樣嗜好的「牛排族」，當然，明知這條路是漫長的，但只要鍥而不捨，點石也會成金的。這是我「離葷」第一步曲。

再談四生——胎生、卵生、濕生與化生。前者我們很容易觀想、體會到生靈在死亡前大量流「血」的慘狀，而「卵生」之屬，除了魚外，就根本想像不到，那些海中可愛的動物，如何在刀口下掙扎了。聽說「蝦」在瀕臨「非自然」死亡的前一剎那（尤其是生吞活剝），是非常、非常痛苦的，雖然，有些人非得在當場看到流血時才會升起慈悲心，甚而爲了憐惜這些生靈的性命而少吃牠們或根本不再吃牠們。

人類是已慣於對所陌生的「痛楚」現象不會「用心」去細察的。所以，當有一位善知識告訴我，牠們所受的遭遇，有如地藏菩薩本願經中所描述的「熱火地獄」時，我也一念之間截斷了「海鮮族」三十五載的臍帶，而這也一向是我口腹之欲的最愛。

起初，我不忍「味」欲的一再要求，仍是屢上海鮮館，但只聞香，卻規定自己一定要吃那些明知仍是由葷鍋所炒煮出來的半調子素食。爲了降伏鼻根、意根的不淨，我足足花了五個月左右的時間，總算連那虛飾的藉口——吃鍋邊素一起禁掉了！雖然比考大專聯招準備更久，但我滿心歡喜，而那些被我規勸而改為茹素（大部份只能達到「鍋邊素」的境界）習慣的朋友所特赦的動物們，相信牠們更雀躍。這是我「離葷」第二步曲。

若人們突然肯恢復我們老祖宗的吃素習慣，則半夜不聞屠刀聲，全體動物們可規避掉「滿門抄斬」的惡運，如此，我們腳下即是淨土，何需一心外求呢？廣欽老和尚也曾開示過：「殺業若不息，則災難仍舊隨時存在。」人類的「殺生」，已擴大到想靠戰爭來殲滅異己的人種，而巴基斯坦更是饑荒到已有民眾要求國家當局立法，同意可吃「人肉」，若通過立法，這種共業的悲劇，將是現代史上最大的人類浩劫！

殺一個「難得人身」已是極大的殺生行為，更何況數量？有時，我感覺這世界真是病了！扭曲了！因為治因比治果更形重要而具智慧。巴基斯坦的人們，但願我有力量誦經迴向予你們，且慢「殺生」，稍安勿躁，奇蹟將解救你們！另外，伊索匹亞在貧極生病，病極成貧交煎下，引起不少國家人士的注意。

有一位法國醫生，在他獲知只剩下十八個月的生命時，卻勇於發大願，利用這最有限的生命去行善，於是，他要於該國花三年的時間把整個醫療網設立好，這是多麼偉大的壯舉呀！「慈濟功德會」將從旁全力協助。只要有人發心於「慈善」的菩薩道上，龍天護法無不連夜加班護持的，像民國八十年的對大陸賑災勸募活動，就有不少不可思議的小故事穿插其間，使其善果大圓滿，至八十二年元月所結餘的近四億台幣，還要發揮它救人的最大效能！

八十年夏，我十分認真地爲當時正住院開刀的舅舅誦地藏菩薩本願經時，當誦至光目女爲其母生前好食噉魚鱉子卵，而在地獄受極大的苦時，我馬上心生愧意，淚如泉湧。心想：我什麼葷都戒了，爲何獨獨難捨吃「蛋」呀？蛋也是雞與鴨等家禽的小孩，是真正看得到、摸得着的生命，我真的仍是太殘忍了，竟也偶而喝蛋花湯、吃色鮮的煎蛋！於是誦完經後，我立即去告訴母親，以前，我們母女也嗜吃魚卵，還刻意炒整盤的魚卵來滿足口欲，罪孽已不比那位光目母來得輕，快快禁口！母親聞言而悚，果然自此而後，她就再也不碰那些有卵的母魚了。

以前，我曾聽了一個朋友的建議，用蛋白抹萬年青的葉子，在打破蛋殼之際，我起了懺悔之意，但爲了「莊嚴」佛堂，使萬年青更亮麗，只好掩鼻爲之，結果，母親得知我此愚舉後，反而回頭提醒我：「我就不相信菩薩會同意妳殺生，去用蛋清擦亮葉片！」於是，我仍是葉葉清洗掉了，如今，萬年青正綠油油地盛展在我家佛桌上，這才是一種渾然天成的「莊嚴」呀！

經過這次教訓後，凡是有加少許蛋類成份的食品，我也堅持不吃，除非不小心。所以，除了懸掛有「素食麵包」店招牌的麵包外，我只能吃半支十五元左右的無蛋吐司。還好，我並非「麵包族」，而且，以前在「藝專」求學時，下班後在校車上吃麵包，以趕上課的機會很多，以致於體重增了六公斤，這下子，終於更有理由可遠離麵包香的誘惑了！

雞、鴨、鵝肉，從小，我就接觸不多，只喜吃中間食物，如魚丸、肉圓、香腸、板粽……等小吃，而上電影院才會想到要去買的雞爪子、鴨頭、內臟等，當然隨著近幾年不再看電影而與我完全斷絕了關係。至於「五辛」中的蒜和葱，我也是戒得相當不容易，因爲以前的中、晚兩餐都少不了它們！更何況，我是經常一條香腸、兩粒蒜的蒜中高手，也是一節生葱、一塊烤鴨的葱王——這是我第三階段的離「葷」三步曲。

我曾經聽過那些茹長素的朋友們說，他們許多是一夜成功的，而其中不少是一貫道的信徒，除了仍吃蛋外，他們在禁殺的表現上，是會使很多三寶弟子汗顏的。以前，我也是很「鐵齒」的，但如今，菩薩默默加持我，使我在茹素上用功，力克口腹之慾，居然能於一年餘化不可能為可能。感謝一切助緣及母親的慈悲，從不曾使我破戒。阿彌陀佛。

別墅與玫瑰心情

有一種課程活動，在短短的兩天半裡，讓你疲於奔竄在天堂與地獄之間，那就是——生命潛能激發營。

曾有一陣子，我的大辦公室正值房價暴漲期，經仔細盤算過，它居然有二千二百萬元以上的行情，但往往一樓的房子是「有行無市」的，也得等到有緣人出現，方能真心成交這種漂亮的金額。當時，爲了應付每天的最大煩惱——跑三點半，所以極欲脫手，因爲私下盤算一下，還了一、二胎的抵押貸款及信貸後，尚有剩餘數百萬元。

「貪」一向是我學佛前最熟悉的習氣，於是我開始大量蒐集預售屋及現屋的資料，以便將售屋的淨入拿來購置建於台北偏遠市郊的大房子，靜候增值，以賺取差價，再轉投資於出版事業；表面上，它很具「柏拉圖」味道，而事實上，當我一一不畏路遥地去挑選未來夢中的不動產時，公司的財務危機已由黃燈倏地換成紅燈了！而在尋屋的三個月中，房價卻急轉而下，直逼一千五百萬元，這種「無常性」簡直快使我窒息！恰如一顆糖到手了，卻吃不得。眼見漲跌幅度如此誇張，心中儘是充滿啞巴吃黃連的滋味。

許多人在逢情緒低落時，總有殊勝的對治法門，而我，除了彈鋼琴、採購以外，尚有參加「任何活動」去投入人群中的妙方可以平衡自己的失落感。於是，就帶著有如清康熙皇帝身邊那位才子侍衛納蘭的悲悽心情——「不如意事日日，消磨陽明風月，輸與大方來去，此時夢繞花前」（原文：不如意事年年，消磨絕塞風煙。輸與五陵公子，此時夢繞花前），前往陽明山參加「生命潛能激發營」的活動，想試試到底還有什麼剩餘價值使自己在頹喪中振奮，在失意中再次熱切地擁抱自己。

結果，老師在其中一堂課上，分發表格給參與者詳填，一經拿在手中，我毫不思考地在其中一項醒目的欄位上，率先寫下了我生平最大的願望——一座有玫瑰花園的別墅。待得老師請每位同學發表詳細內容時，我才赫然覺得只有我那得意的眼睛因充分反射移情作用而發亮著，當時我不知道爲何其他人的眼睛在望向我時，似乎是冷漠的……。在現場，我甚而嘲笑有些人簡直是ＩＱ零蛋！因爲他們居然會無聊到想當個什麼快樂的「社工」。有人甚至想把「意外的巨財」拿來全面布施，一反大多數的人想去環球旅行。

如今，我仔細追憶起來，猛然發覺原來當眾發大願是有「層次」的，那時因太愛自己，竟失去能力去「布施」愛心給別人。那些當初我所鄙視的大德啊，不知你們身處何方？可知我已改變初衷？我已昨非今是。我誠心敬佩、隨喜你們年輕即懂得布施的胸襟！

玫瑰一直是我的最愛。看它，聞它、摘它、畫它、種植它，甚而把顏色豐潤的花瓣一一塞在書頁中留香，因爲我始終認爲這是一種最自然的葬花儀式——與來自大地的針葉樹木爲伴。

如今，這些雅興已隨著學佛的心境而轉到曼妙的「菩提葉」上了。有位那羅陀法師在他所著的《佛陀與其教法》中提到：「一個開悟者不會被玫瑰的美所迷惑，只是把玫瑰看成玫瑰。」這就是不着欣羨的「平常心」，且金剛經有云：「一切有相，皆是虛妄。」所以代表佛花的睡蓮也好，夏荷也罷，我都願寧靜地欣賞它們，而不在乎那種曾經有過的「玫瑰心情」……。

而我那座夢中的象牙別墅只應天上有——即是西方的「極樂世界」藍圖，為了圓滿來生的大願，我應勤唸佛號。這種三年間心智的轉化是否正意謂著又一次的「狂心頓歇、歇即菩提」呢？

遠離賭場之後

若有人問我，以前出國的動機是什麼？我回答的排列順序是——賭、觀光、採購、洽公和訪友。

從小，我就在賭我的命運，所以，成年時會迷戀賭場並非「意外」。知道自己是個「準賭婆」的時候，那年，我只有十歲大。

我一向看大不愛看小，因而，這種習氣也連帶使我瞧不起那只有一桌之方的小局面——麻將。有一次，我二度前往花花世界——香港渡假時，有人告訴我，海的彼岸澳門，有家「葡京飯店」，裡頭的 CASINO 非常好玩，不妨去一次瞧瞧。於是，當晚我幾乎不曾闔上眼，我滿心期待著隔日清晨的船隻速載我去那個眩人的小島……。

我不知道生平還能有什麼誘惑可以超越第一次接觸賭場的興奮感！我深深地迷失了，我忘了今夕何夕，我忘了自己是個道地的年輕東方女子，在白種、黃種雜混中，在阿拉伯富商與貴婦人珠光寶氣交臂中，已然滑逝了人性的尊嚴，我不但隻身入虎穴，且大方地送錢來養這隻猛虎，當然，我那次注定要輸的一萬七千元是我首次對它的見面禮。上癮後，第二次，我就不客氣地直奔澳門了，那次，我更用心的挨枱、挨機地觀、思、丟，而且身上帶了五萬元，但結論是，我居然淨賺了七千多，於是，爲了紀念此番了不起的輪盤「戰績」，我爲自己物色了一盒昂貴的對筆及一條棗紅色的男用皮帶，環釦上有一對奔馳的「駿馬」馬頭，爲了適合自己的腰，我還請店員多打了八個洞，那會兒的「神氣」，真的恐怕只有「神」才能了解了。

之後，可想而知，每每在台灣手癢難受時，我就會找個漂亮的理由出國去，然後，一下了飛機，立即對來接機的朋友言明「去」意，果然，我總是能如願以償，尤其如今回想起來，實在非常愧對有位篤信基督的大學同學。她不但爲我這種劣根性小輸錢財，且自費來回旅費，又使她破了戒，災情慘重！

記得那一次是在「大西洋城」，她在深夜十二點半就回房就寢了，而我，正在興頭上，豈肯望「枱」罷休？於是，一直去窗口換籌碼，賭到身上只剩十元美金時，才悻悻地想上樓休息，看了看腕錶，不早也不晚，恰是清晨四點多。那時，我正想擺脫一名年輕的法國醉客，於是速往電梯間走去，没想到，他老兄也尾隨而至，老實説，我已開始緊張了，電梯門一開，還好，裡面站有一對白人老夫婦，我飄了進去，他閃了進來！過了幾秒鐘，他居然斗膽放馬過來，單刀直入地問我：「妳今晚寂寞嗎？」我那時簡直無地自容，那對慈眉善目的老夫婦同時瞪了他一眼，咕嚕兩聲後就走出了他們已到達的樓層電梯口，這下子，我才發覺我們雙方都還没按下任何一個「樓」號，他在等我，我也在等他去按，以便藉機脱身，五秒鐘之內，我只好先按了十四樓，並對他揚言：「對不起，我先生此刻正在房間內看書，等我回房……」。

法國人不愧是反應精靈的民族，浪漫之餘，不失理智，於是，露出一口似編貝的牙及深深的一對酒窩兒，他欠欠身、揮揮手，對我説聲：「晚安。」就消失在十二樓的電梯間了。

我知道，自己始終有一種潛在的本能，能在危急時刻，把「演員」的角色立即變成「導演」。但是，自從那次以後，我真的嚇壞了！而我也不想繼續丢台灣人的臉！那是一次唯一的意外。

曾經，我在香港賽狗、在澳洲賽馬、在泰國賽水車，更在德奧邊界的阿爾卑斯山下賭街上瘋了數個日出日落，而我更曾讓好同學的先生，在康乃狄克州寒風又小雪飄飛中，佇立在清晨的街上，引領企盼自「雷諾」賭城倦罷歸來，身上只剩五毛美金銅板的我，等了將近兩個鐘點，只因汽車耽誤，而我又不會打電話。偏偏這位男士又老實得深怕自己在車內會等候得睡着了，只好站在車外，讓冰凍的大地袪除睡意……。如今，我總算了解何謂「一擲千金」，又什麼是「沉淪」，這些俱是「人性癌」——貪與癡的極致！

「慈濟功德會」有一委員，她曾經長年來沉迷於麻將，連吊著點滴趕往賭場，震驚四座的紀錄也有過，使她先生、家人爲她蒙羞，傷透腦筋，但經過上證下嚴法師的妙法洗滌，她早已「洗手」，且勇敢地現身說法，灌錄了「渡」的錄音帶——走下牌桌之後，這卷錄音帶聽說十分搶手，它無異是「麻將族」的一帖良藥；而我新竹的一位會員，在我贈予他此卷錄音帶流通左鄰右舍之後，也曾使一些人「走下牌桌」。

而我，十年來出國十幾回合渾然忘我的辛苦，賠了十幾萬元台幣，若這些錢改拿去認捐「慈濟醫院」愛心病床（每張價一萬五千），則會有數千個病患平平安安地「走下病床」出院，這將多有意義啊！

身爲萬物之靈的「人」，貴在懺悔雙修，若光是「口」上常講要「懺」，但「意」念上仍是不想去「悔」改行爲，則「身」又要不斷地造業下去，就不能稱爲真懺悔了，且「身口意」不能三淨，心靈環保的成功，更是遥遥無期。嗜買短期股票的人也是賭客，對發大財有妄想、執迷。

我有不少友人，夫婦雙方之間，只要有一方迷於賭局，則往往家破難圓，而「麻將族」的「同桌會」會員，則有的年資都已數十載了，這些進進出出的大錢、小錢，若把它們堆積起來，恐怕勝造七級浮屠！這其中，又有多少是辛苦的「退休金」啊！其實，對於退休人員，生活的最好安頓應是——當個快樂的社會義工，如此，腦筋與身體因常活動而能「保鮮」，且「退而不休」對自己及整個社會的價值更是貴如鳳毛，我們何不捨「時」得「義」呢？

一樣的黃昏歲月，有的老菩薩已成就了無邊功德，有的人卻還在賭桌上沉溺，唉！這就是無明與智慧的兩種人生形態呀！家母就是一個成功的例子，她到我公司當義工，風雨無阻，她也居然能迅速背下九個系列書的英文代號（用日文拼換成），進而把另外的十七個英文字母也於路上、電視上所見而認識了，她能清楚地背下一百二十種書的代號和它們的存放位置，甚至每一天的庫存量，而她已年六十七，每天，她以「挑戰」與「期待」（補書量超越退書量）的心情出門去上班。她是我生命中的菩薩，在我的人生劇場上，她永遠是一名捧場到底的忠實觀眾。

感謝浩瀚的佛法使我覺醒，在其深似海的智慧裡，我知道，我已免疫了。面對萬丈紅塵灰煙，我可以如如不動地穿過，我真的明白自己可以辦到。阿彌陀佛。

細說「觀音七」

●報到心情

夕陽·飛鳥·晚霞·春風·青山。把我迎進「埔里之最」——靈巖山寺。回想在計程車上，窗外景物餘留在腦海裡的，竟只騰下「觀音一號、觀音二號、觀音三號、觀音四號」墜道等鏡頭，於是我知道該有什麼不可思議的事會發生了……。

在寺務處的知客師們溫馨的招呼下，我半完成了一個月以來夢寐以求的「打佛七」手續，另一半，就等著家人補寄那張他們可能認爲極重要的身份證來，就萬緣俱備了。（莫非，何方賢者想考驗我的道心？）

望著寧謐、莊嚴的念佛堂和即將完成的大雄寶殿矗立在山色微墨的晚風中，我不禁讓那「偷得浮生七日間」的舒泰之帆自心海揚起……。啊！始終企盼的摩訶般若波羅密，究竟要到何年何月，我才可以如願呢？

趁著天色尚光潔，我迅速地在大雄寶殿的外廊上「拾寶」，一路採拈著上妙下蓮長老法語的菩提葉，讀到直指人心之處，不禁有如觀世音菩薩尋聲救苦「磁吸鐵」的那種引力，使我對久已慕名的長老有了更深一層的認知。他要凡夫了脫生死大關，是如此字字擲地有聲，直把人的五臟六腑都給擰痛了！啊，是怎樣的一位仁者啊！這種悲情壯志，豈非只應分身菩薩有？

在意猶未盡之際，我抬頭瞻仰了三幅石雕的觀世音菩薩絕世妙偈後，進入了小齋堂用晚餐。在晚課及聆聽老和尚的開示之後，展開了爲期一周的「觀音七」功課。

〈註〉：隔日，方知我的昂貴短外套已因太專注於興奮求法而遺失了，但因禁語七「永」日，只好忍到倒數第二天才向寺務處報告此事，但在數小時過後，我已能依老和尚開示之「心要常存布施之念」，就當下捨了它，讓與我有緣的貧者取暖去吧！

●此聲只應天上有

木魚·磬·鐘·鼓·鈸。迎出了一聲聲千古絕唱。那曼妙而至誠的梵音，時而高亢，時而低吟，繞堂不絕，使立著、跪著或盤坐著的佛子，隨之契印入丹田，再裊裊自舌中傾吐出朵朵梵華，在爐香恆爇中，聚、散，聚、散……。這種殊勝的境況，使我不由得感到有如身處唐朝皇宮中（但我們並不需要樂師）。原來，只要心誠，「廣長舌」竟也可自擁。第五天下午，我和那位氣質和雅而永遠微笑示眾的高音「維那」竟同時「失聲」了。啊！「畫眉」若能為佛、菩薩暫失聲，也是生平一大榮幸啊！隔日凌晨三點多，在默禱觀世音菩薩應聲救拔，還我清音後，不到兩個小時，喉中的梵音居然一如來時，可流瀉千里了……。感謝我一向欽仰的本尊——觀世音菩薩！

〈註〉：原來，我在一個罐子的紙條上得到了答案——過午不得食此物。我居然犯了八關齋戒的戒條，因為無心，只好從輕處分吧？下次不敢了。

●堂前藍燕．築巢聽法

慈眉善目的主七老和尚在佛子早、中過堂結齋後，儘管已感冒、咳嗽數天，但總不忘手執金錫（指麥克風），爲沉淪於八苦的人間煉獄眾生頻頻振開成佛之門，大轉法輪，時而軟言細語，撫得人心頭風光一路迤邐，時而字字鏗鏘，震得人噩夢紛醒。

在老和尚恨鐵不成鋼的期盼下，漫空灑下了多少噸的「消毒粉」啊！（消貪、瞋、癡三毒）有兩次，我不禁淚湧如泉，如是當下直逼人心的貼己話，倒使學佛二年半的我猛然覺照到內在世界那份孤高，竟然如此不堪陣陣金錫之擊！「回頭是岸，回頭就好了……」聲聲如慈父對長期流浪的獨子懇切的叮嚀。許或與老和尚有法緣吧！雖然，我約只能聽懂三成那親切而韻律十足的皖省鄉音。感謝那位娟秀的翻譯尼師，没有他的專業表白，恐怕這趟「觀音七」就真的只能「觀」音，而不能「了」音了。

伴著老和尚的宣流法音，六幕精采的鏡頭忍不住「觀自在」起來——

眼觀前方「蓮花碗」，
耳聽虛空「獅子吼」，
鼻聞近處「菜色香」，
舌觸半吋「供衆物」，
身處難測「蓮華池」，
意納恆河「琉璃沙」。

〈註〉：蓮花碗乃指靈巖山寺惜福，不忍捨尚可久用的微破瓷碗，並示導衆生需有接納別人，類此「缺陷」之美的包容力……。

抬眼一瞄，那對美麗的藍燕不知何時又悄然飄落牠們那嬌小的身兒，在老和尚斜左上方的樑巢上，側著小腦袋瓜，與佛子一起傾聽那份早已不陌生的字字句句。牠們是佛說阿彌陀經中的迦陵頻伽共命之鳥嗎？那麼，這兒豈不就是西方極樂世界了？

●眼鏡韋馱·威風八面

有位年輕的比丘，時持香板，行如風、立如松、拜如絹。他神色岸然，威儀十足，不笑不怒，看過他一眼的人，相信不免都會有此感覺與印象吧！他的忠貞儼如護法之神——韋馱天將，令人肅然起嘆！有一晚，眼看那群有如風中搖曳不已的小小「睡」蓮，竟被他請起來，個個罰站，心中不免忖著：如此嚴峻之監香師，恐爲老和尚座下得意弟子中第一也！而香板下果能拍出高僧嗎？恐怕只能問根器了。

每逢望這位比丘立在寺風中的項背時，自己原本那與生俱來，隨外攀緣的習氣，居然也爲之懾服六成了！他的無聲説法，引導我抖下一些對俊美男眾的眼欲之貪，而代之以三分目，一心念佛，以珍惜「觀音七」一日日的流逝時光……。清淨的不知名比丘啊！感謝您的示範。能使情海平波無浪，許是累劫以來的羅漢功夫至臻所致，才有此八風吹不動的行持吧？真的打從心底佩服您！而且，我還以爲我的師父上證下嚴上人才能禮出那麼輕柔如絹的佛前三拜哩！萬沒想到靈巖山寺也有一個！

●小小沙彌師父・袖裡藏乾坤

上妙下蓮長老不愧爲大陸叢林僧制的在台第一護持原儀者。他所親自圓頂的小小沙彌師父，居然人數多達約四十位，據說，目前數目爲台灣之最。這些肯捨掉童玩、俗課及處青少年、兒童期有人認爲最需要的葷食、睡眠等的小小沙彌們，使十方佛子雖疼在心裡，卻佩在骨裡。尤其是那群每每出入殿時，自我眼前如小企鵝般的魚貫而行，真正自在的十來位稚齡小沙彌們，更是人見人愛。聽說其中最小的一位男孩，年僅八歲，爲中日結晶，而另亦有一對俊秀的雙胞胎，和三位俱爲家中獨生子的小小沙彌，這些形同傳奇的有趣人事，竟然使此次的觀音七打來更形提神。

而九歲即以童貞之身出家，一心向佛，並摒拒十九歲婚姻之誘的上妙下蓮長老，他不正也是如此一路踩蓮踏歲而來嗎？他隨處以身作則，每日凌晨定伴闔寺僧衆早課，且輪番教示所有小沙彌，如何擊法器、唱供養偈、結齋偈等。每日見他們各個如過海八仙，大顯神通，亦是令人心地清涼一劑也。

在第一晚到第三晚，老和尚甚而忙裡抽閒，事前先擬了開示稿，在他不在寺內之際，交由三位小沙彌師父代之演大法音，那種既莊嚴又輕快的場面，使人一生永難忘卻。許或前世與這些可人的小沙彌們有深緣吧！每每瞧他們瞧到傻了心和眼。曾有幾次，差些想就此留在寺內，伴他們晨曦、夕陽裡學佛、勞動去！尤其在晨跑時，看到那副勤學太極，拳起袖落的景象，實在心繫不已……。

〈註〉：第七天圓滿後，在前往埔里車站後，頓然發覺「回程」車票竟然仍留在寺務處，而由原來那位仁心的開車師兄於最後一分鐘在第二回合趕來送該已安然劃好座位的車票給我。（感謝此番特有的「溫馨接送情」）難道，這意謂著我並不真心想返回億丈紅塵的台北嗎？還是有誰想留下我呢？（因皮夾內的餘錢不足以買單程的國光號車票回台北，而爲另一位蓮友住埔里的妹妹眼見，立即掏金相助三百元，此款雖已歸還，但此菩薩恩情亦令我動容不已。在此一併合掌致謝。）

●如是我觀——氣定神閒的衆僧們

△老和尚座下的百餘位出家二眾弟子，只要已受過三壇大戒的，很少頂上只有三個戒疤而已，大都九個，甚而十二個大有人在（指需共參加三次，第一次三個，第二次六個，第三次再三個）。由此可見精進之一斑。我以爲，只有我那位親切的第一個皈依師——上道下明上人才有十二個戒疤哩！

△有許多看來身輕如燕而柔弱的比丘尼，居然能以大勇猛心，開起大貨車，飛馳在寺裡寺外，令人瞠目結舌！

△有些尼師手藝高強，把供花妝點成一盆盆藝術卓絕的盆景，令佛、菩薩與佛子每日俱能養眼，皆大讚嘆！

△眾僧戒德莊嚴，威儀可圈可點，舉止輕安、自在；而青少年小沙彌，有六、七位面白如珂月，齒白齊密，唇色赤好，如頻婆果；他們定是宿世已福德俱足，才有此妙因緣跟隨老和尚習出世間法，以童貞之身遠塵離垢，實羡煞人也！

△寺務處的知客師們，效率之高，笑容之多，實爲台灣寺界罕見。可見老和尚調教的用心。

△……

●夢裡夢外·儘是玄機

相信所有的道場都只能禁語，而不能「禁酣」的，於是，來山上打觀音七的第一晚，我就因而徹夜未眠了……。第二晚，一件奇妙的事發生了！可能白天的身心不太能一下子適應第二天凌晨二點五十分打板的生活，所以擁被之後約莫一個鐘頭，仍不能入睡，直到清晰地耳聞到陣陣木魚聲自虛空傳來（每一次只敲三下，但當時卻緊張得誤以爲打板時刻已至），方才猛然摸黑，起身折被置枕，迅速自上舖下床，待下得床來，卻驚道：怎麼大家都仍在酣睡中呢？那麼，適才不是有二、三位老菩薩嚷著說要去盥洗了嗎？

正納悶著，腳兒卻一逕往門口踮去，輕聲拉開二道門後，我看見月光正灑亮在寧靜的長廊上，捧著臉盆，望著四下無人的夜，心中不禁暗自好笑起來，且起了惑——這陣陣木魚聲或許是本寺或其他臨近的寺院，何方師父正在殿上用功吧！於是放膽走到陽台上，倚著冰涼的欄杆，彼時好想就此席地打坐，揣臆佛陀於某日清晨頓悟成正等正覺的心情……。

但僅只數秒鐘，我又捧著臉盆，細聲細息地折回寮房，爬上了睡鋪，重新掀開蓋、墊被，和衣躺下，一直聽木魚聲到天明。記得回房時，曾瞄了壁上的時鐘一眼，居然恰好十二點正。

第三晚，那陣陣熟悉而綿延不絕於耳的三下木魚聲仍是清晰地響在虛空，直到由打板聲取代爲止。憶及去年十月底去萬里「靈泉寺」打禪七，亦有數晚耳聞木魚聲而無法入眠；而去年五月，當一行十五人前往大陸九華山與北海普陀山朝聖時，夜晚睡夢中，亦常出現不絕於耳的「地藏王菩薩」聖號唱頌歌唄聲……。

於是，在第六晚即將入寢前，我終於憋不住氣，前去請教那位和善的監七尼師，他說：「半夜十二點沒有什麼師父會敲木魚的，全都入睡了……」。帶著千萬個問號，當晚，我卻睡得十分香甜。

第六天的午睡將醒前，我倒是作了一個奇異的夢——

我夢見自己的脖子上竟然繞有六、七圈的繩索，在掙扎中，正有一雙溫柔的手替我解圍，使我慢慢呼吸正常起來，待最後一圈完全鬆輭時，我回頭一望，卻只見微亮的念佛堂內，正列隊坐著一百多個正襟禪坐的眾僧背影……。我着實爲此景嚇着而驚醒！難道說，有人想紓解我的塵勞與財務壓力，一心希望我也出家念佛去？真太不可思議了！但我深知，這些「夢中佛事，水月道場」只不過如老和尚曾在洛杉磯千橡園圖書館所開示的：一切皆是幻化的法會與作戲。我又執着什麼呢？放下吧！

●流浪漢忽現忽沒

也是觀音七的第六天，早晨八點一刻的時候。

我正撥完電話（但家中沒人接聽，可能要我繼續禁語下去吧），想回念佛堂禮佛，努力用功去，但卻在堂前巧遇一名流浪者。

他混身怪味撲鼻而來，雙眼張處盡是眼垢，據他自稱，乃爲五十開外的板橋人士，來埔里辦事，怎知卻踱至此寺，甚覺好玩；我告之，寺院乃莊嚴之聖地，不可視爲觀光、遊玩之處，請速前往堂前禮佛。之後，過了約兩、三分鐘，見他又踅向我站立處，這一回，他竟不客氣地朝我腦後的一束長髮瞟了一下，支吾地對我說：「妳來此唸經，是否準備出家呢？妳是不是一個出家人？」我回說：「不，我不是出家人，只是上山來打觀音七罷了。」他又對我呢喃道：「妳這個樣子不已是出家了嗎？」這回，輪到我沒耐性了，我對他說：「不，出家人就像您現在左右看得到的那些師父們的模樣，他們全已落髮，不是我這個樣子的！」但他卻仍只直逼視著我，竟又開口道：「有嗎？我怎沒看到他們？那妳打算何時出家呢？」

被這位陌生人一連三次驚心動魄的追問，頓使我疑雲紛飛……，之後，我只能欠欠身，對他微微一笑，隨口道：「那就得看因緣了。」

記得待十一點出得堂外，拿眼四下尋覓，早已了無踪跡。這到底是怎麼一檔子事啊？他是誰？而我看起來真像是一個「準」出家眾嗎？這一切，到底有答案嗎？於是自忖：此番對話，定非尋常……。

●好個殊勝朝山行！

個人因一向塵勞纏身，此次上山，只知來打佛七，但報到第一日一大早才知是在打「觀音七」，當即雀躍萬分。待到第六日中午過堂時，有位護七師父宣佈當晚六點半起，有朝山禮觀世音菩薩（隔日即聖誕日）的活動，更使我幾乎泫然欲泣，只因祂一向是我生命中頻頻出現，對我無畏施的大恩德者啊！我怎能不朝禮致謝呢？

當一路朝山時，聖號的梵音一再響起於耳畔，我也一一依著老和尚的叮嚀，要用至誠心朝山，禮敬觀世音菩薩，並一定不要忘了上下迴向。於是，一大堆往生者、生者、我個人的冤親債主，以及海內外佛教界諸山長老大德、善知識，加上上妙下蓮主七老和尚與我那兩位皈依過的上人，外加西方三聖、華嚴三聖、清淨大海眾菩薩之名，竟源源不絕自腦海升起他們的樣子與眾佛、菩薩的法身。當然，對我所最愛戴的觀世音菩薩，我一面五體投地，一面追憶曾在自家中看過由李麗華所主演的那卷極精彩的《觀世音菩薩傳》及那册厚達數百頁的傳記內容。

每當我把額頭緊貼在那清涼無比的石堆上時，我竟然發覺那些冰潔的石頭，在我那雙放大的瞳孔中，立即一一幻化成一瓣瓣的石蓮和一池池的蓮海，而在石隙處，時有深藍滲白的煙團，自裡飄逸而出，此種景象使我畢生難忘！但我的菩薩呢？您在何方？在雲深不知處嗎？這片美如蓮華的石海，不知您可曾踩過？就讓我把那些石頭當成您那雙尊貴的足指，一路親禮下去吧……。看！我還為朝聖您而特地沐浴、洗髮、漱口，為的是，使自己的身、口、意能臻三淨之地。

為了憑空觀想觀世音菩薩的聖姿，我用心靈的筆，在虛空中畫就一幅正面、一幅側面的滿意圖樣——觀世音菩薩正右手持白色淨瓶，左手拈一翠綠欲滴的楊柳枝兒，腳踩紅蓮，微笑視眾生，然後徐徐然行於雲端……，側面的袖，裙角揚起之處，更有各色蓮華出現，香氣奪人……，如此莊嚴、聖潔、溫柔而慈靄……。於是，在念佛堂裡繞佛時，在聲聲讚嘆的梵唱下，我盡情地模仿觀世音菩薩的表情和那時緩時急的行走姿態。

若觀世音菩薩想再應徵一名「龍女2號」，我一定第一個去報名！啊！我最愛戴的菩薩！您可知，每日兩次的「觀音偈」，我是以歌頌一位大恩人的心情，字字自肺腑吐露，仿如朵朵清蓮，飄揚在念佛堂中……。

〈註〉：

觀音偈

觀音誓願妙難思
赴感應機不失時
救苦尋聲磁吸鐵
現身說法月應池
塵剎國中咸事濟
娑婆界內更垂慈
深恩窮劫莫能讚
冀愍群萌普護持

●戰鬥營札記

我不曾當過兵，但此次於靈巖山寺倒是飽嚐有紀律而高效率的「僧侶」生活，長達一周，所以幾乎等同當兵了。爲了適應打個圓滿的佛七，我事先即於家中佛堂做暖身動作，但一周之內單只禮佛一次「八十八佛」，一次「百佛」名號，即力有未逮，需拜一晚，休二晚。哪知，打觀音七第一天的早齋時，聽某位師父說，每位蓮友每日得禮佛至少五百下，這下子，只好怔在椅上，暗忖，不妙！怎事先不知此規矩呢？但既進得寶山，焉有空手返北之理？於是，硬著頭皮，在第一天止靜前，居然能拜了二百八十一下，正得意之際，放眼再溜灠寮房外牆壁上的那張「功課表」，卻慚愧得不忍卒睹下去了，因爲別的同房蓮友，全都是至少禮佛五百下，甚而有外加念佛數千次的。

佔此次報名蓮友約四成的老菩薩，她們那份虔誠、精進的心，輒使我羞澀不已，她們大都並看不懂經文，卻幾乎能朗朗以國語發音上口；她們和年輕人一起長跪、晨跑、打坐，動如脫兔，靜如處子，真正不簡單！此情此景，令我萬分感嘆自己沒有更大的力量，使家母晚年一心向佛，也能與這些老菩薩結佛緣，日日歡笑，聲聲佛號……。

第二日，我卯足了勁，扣掉兩度輪班在大寮洗數百個碟、碗，及聽老和尚兩場的開示、沐浴、洗衣、如廁、曬衣等的零星時間，在行、住、坐、臥之際，分秒必爭，念念不忘念佛、禮佛，且為了「禮者有份」，幾乎在每隔二十～三十次的禮拜時，我都會恭敬地請諸佛菩薩站立在我那張開的雙掌上，觀想祂們正摩我頂，或在每隔二一六聲的念佛時，充份觀想所看過最莊嚴的尊尊佛菩薩報身（連同聖獸騎座）。結果以下是我第二日至第七日的功課記錄——

第二日——二六九拜，外加二、〇〇〇次念佛。

第三日——一二〇拜，外加八、三一六次念佛。

第四日——二〇三拜，外加九、三九六次念佛。

第五日——一三〇拜，外加八、六四〇次念佛。

第六日——二〇〇拜，外加七、三三六次念佛。

第七日——一〇〇拜，外加三、二四〇次念佛。

所以六天半（因爲第七日圓滿，只到下午二點就没機會做功課了）下來，平均每天恰好爲五〇〇拜（念佛二〇聲抵一拜）。對這種第一次參加精進觀音七，處於及格邊緣的心情，我不禁悲欣交集。

悲的是「平時不努力，臨時拚老命」，又天天比那些都可以當我母親或奶奶的老菩薩用不上功（聽説有位老菩薩某日最高記錄可禮佛到一、三〇〇下）；喜的是，諸佛菩薩慈悲，傾力加被我，更使我對念佛產生濃郁的興緻，可能會成爲下山後的生活習慣之一。阿彌陀佛。

〈註〉：老和尚殷切地想要我們「戰」掉五欲——財、色、名、食、睡，「鬥」掉三毒——貪、瞋、癡。他用心良苦，我們也戰鬥得很辛苦哩！所以才把此段文章命名爲「戰鬥營札記」。

●靈巖山寺／老和尚／清涼法語

●靈巖山寺

如水的群山，

似箭的藍燕，
如磐的殿堂，
似剛的戒律，
如蓮的笑容。

構成了這所已名聞遐邇、佛聲無間的人間梵刹——寧如山的嚴峙——靈巖山寺。如是我觀。

● 老和尚

恆以戒爲師，以彌陀爲父的上妙下蓮長老，只見他在念佛堂內，「腳踏實地」（從未見他着襪）地以身示教。他那雄渾有力而親切的念佛聲，句句提起我們可能散亂的心念，如是堅固、如是綿密。長老是位名符其實的嚴師，單看他關懷卻肅穆的踱到念佛堂內的四方角落，隨著四眾念佛的腳陣而凝視的眼神，總令人生起注意拍子、加緊念佛的精進精神！

老和尚也會在他開示時，找正在夢周公的弟子站起來提神一下，以示警一番。儘管他對律儀要求嚴峻如山，但莘莘學子卻仍趨之若鶩，紛紛禮請老和尚圓頂。這是一種什麼樣的人格魅力啊？

每每於晚間九點左右作大迴向之際，當誦及「弟子眾等，現是生死凡夫，罪障深重，輪迴六道，苦不可言，今遇知識，得聞彌陀名號……」時，總每次淚如雨下，悲不能抑，心中萬分感恩我的皈依師上證下嚴上人及上妙下蓮長老等這些高僧們賜我重生的新契機，也讓我瞭然，原來所一心傾慕的觀世音菩薩就住在西方極樂世界裡，若不發願往生彼處，如何親近祂呢？（以往，雖常睹西方三聖聖像，但極少思及此事相）此恩此德，何日可回報啊！只能牢記諸教法，依教奉行，並期下化眾生，以報佛恩及師恩了。

有一施主在發心協助老和尚籌建大雄寶殿之餘，又想發心獨力完成一座高五十～六十呎的釋尊巨像，但爲老和尚婉辭了，因爲老和尚要保留給更多的眾生來行布施波羅蜜的機會，這案子有如證嚴上人曾婉拒某日商想布施上億巨額善款予慈濟建立四大志業一般，他們周密的菩薩心情爲何如此相似啊！

無量義經中有云：「是諸菩薩，莫不皆是法身大士。戒、定、慧、解脫，解脫知見之所成就。其心禪寂，常在三昧，恬安淡泊，無爲無欲，顛倒亂想不復得入。靜寂清澄，志玄虛寞。守志不動億百千劫。無量法門悉觀在前，得大智慧，通達諸法，曉了分別性相真實。有無長短明現顯白，又善能知諸根性欲，以陀羅尼無閡辯才，諸佛轉法輪，隨順能轉，微滴先墮，以淹欲塵，開涅槃門，扇解脫風，除世惱熱，致法清涼……。無量大悲救苦眾生，是諸眾生真善知識，是諸眾生大良福田，是諸眾生不請之師，是諸眾生安隱樂處、救處護處、大依止處。……船師大船師，運載群生度生死河，置涅槃岸，醫王大醫王，分別病相，曉了藥性，隨病授藥，令眾樂服……。於如來地堅固不動，安住願力，廣淨佛國，不久得成阿耨多羅三藐三菩提。是諸菩薩摩訶薩皆有如斯不思議德。」莫非，證嚴上人也好，妙蓮長老也好，俱是乘願再來的佛、菩薩？若今生已能有幸接近這些大善知識，豈有不精進求法之理？今後，必當潛心納法，勤行於菩薩道上，利益人群。

● 清涼法語

△進大殿，儘是佛眼，所以注意你們的起心動念啊！

△不氣不氣，萬事去！

△應常原諒他人，全無計較心。

△圓滿下得山後，勿又貪了口欲而去多吃肉或喝酒造業。請記得保持身口意三淨。

△念佛時，需發無量心，大迴向給十法界眾生。

△六度波羅蜜的梵音，爲何到第六句「南無觀世音菩薩」時不用唱出來呢？因爲前五句各別代表前五度波羅蜜之意，到第六句聖號即爲智慧之意，爲前五度的總結，給你們去思考用的。

△多聽法師說法和佛菩薩聖號，勝過那些世俗的情愛歌曲千萬倍！

△身體不是自己的，爲父母所賜；連你們所吃的飯亦不是真的，經過各種管道之後，它們能像未吃進去前那種樣子嗎？一切都已起了「變化」。所以，到底有什麼東西是真正你所能擁有的呢？

△人怕閻羅王，但閻羅王最怕阿彌陀佛了！只要你肯多念佛號，閻羅王就不會找你麻煩了！

△行菩薩道需發心，而發心是大本錢，靠長期培養而成的。

△阿彌陀佛身大如太空，這就是所謂的法界身。

△若用我們這珍貴的人身來供養三毒五欲，實在太可惜了，應出家修梵行，廣渡有緣眾生才好！

△結婚之後，只能為對方或孩子貢獻一切太划不來了！像這種世俗的小愛真的那麼值得一個年輕人去追尋嗎？倒不如來出家，廣結善緣、利樂眾生划得來！

△所謂「功」即是使「力」在「工」作上，要一切用心、專注啊！

……如是我聞。

捨・得

花朵無聲息的被人從大地俘虜了生命，再苟存於花瓶中等待死亡，樹木也無聲無息的被人從森林掠奪了生命，再等待發落。這些可愛的大自然界朋友，雖只是極低微的有情識眾生，但他們隨時安於天命，做出壯烈的無畏施，以供養人們的眼、鼻、身、意四根，從不知要如何抗議！而人們也很少去感恩這些原本與我們共存於這地球上的小生命的付出，認爲一切理所當然也。

在銀色女經裡，有位銀色女，她爲了使一位長期饑餓的產婦免於吃了她的臨產兒，而割下美麗的雙乳供養這位產婦，以難忍之大痛去消弭一場人間最大的悲劇，後來，他於宿世中，屢以己身捨於飛鳥、猛虎，而成就了難行能行的「無畏施」之菩薩道果，他，就是所謂四生慈父、三界導師的釋迦牟尼佛。若沒有大悲心做道種，修行一事俱是妄想罷了！

我認識一位開力茂汽車修護廠的蔡老闆，他勤於施米糧濟貧，而且率同工廠內的夥計們，每月固定損血，他們日夜兼程，認真地賺辛苦的黑手錢，去默默行善、布施，多可貴呀！他也是我勸募簿中的「慈濟人」。另一家汽車修理廠的兩名師傅，從另一位同仁口中聞知我是「慈濟」的勸募者，就主動地先後加入了捐款的行列，而且其中一位年輕人還交待我，只用父母名義布施即可，勿加填他本人的名字，當然，我中、南部的書店業界的女店員中，亦有幾位如他至孝之人，實在令人敬佩。

有一次，我去了一趟位於花蓮的「慈濟醫院」，聽證嚴法師對爲數約兩千名的參訪者開示，待行於走廊上，準備入座之前，我突發奇想：若這些現場的聽眾，其中有五分之一發心捐血救人，則血庫可得超過十萬CC以上的鮮血量，於是疾步奔往檢驗中心，但那天因周日，門並沒有開，我再前往一樓的櫃台，建議服務人員轉告我的意見，於每月濟貧發放日的當天，趁各方有緣人齊聚一堂時，備長桌捐血，讓善心人士成就廣結「血緣」的功德……。因爲，有時人們是害羞的、是被動的，更是具有強大「感染力」的，這件事不得不「看著辦」！事後，約過了兩個多月，果然看到了在興建中的「慈濟紀念堂」外廊上正大排長龍，他們在參訪精舍、醫院與護專的同時，受了證嚴法師的號召，做了最可敬的無畏施，聽說自那次以後，每周更固定而積極地實施這個妙法了。有時，慈濟醫院的血庫也可遠救一個生命垂危在台北某缺血醫院的病患。真是千手千眼、千腕千血啊！

我們人類的嗜食、貪財，其殘暴可從巨象失牙、對麋鹿盜角取皮、對蠕蛇剝皮挖膽、殺兔扯皮烹肉、斬龜取甲……等行爲中，看到了那麼多的陸、海、空三界生靈，在生前、死後對人類所做的全身器官布施！有誰能想到，若是這些殘忍的事情發生在自己或親人身上，該有多不幸！光是失童與孩童被綁架，就驚動了傳播媒體爭相追踪、報導，但那些被強暴生命的動物，一天不知有多少喪生在利刃下？我們何不將心比心呢？他們俱是含靈蠢動的生命啊！眾生往往是不見血不流淚的（屠夫和一些食客則「見血不是血」）。擺在百貨公司內的動物皮毛製品，一天的陳列量，不知要犧牲掉多少的生命！

一九八四年，我去紐西蘭旅行，看到寒冬的青青草原上，大部份的綿羊都已剃了長毛，我跑去問那位執長竿的牧人：牠們會冷嗎？他回答：我不知道。

那時，我真想使自己立刻變成了一個會使咒的巫女，在三聲咒語之後，希望那群光禿而瘦削的綿羊馬上生出長毛來禦寒，於是，我在那牧場附近的旅館徹夜失了眼。為了供應人們的「貪」，可愛的動物到底還要再忍辱到何生何劫呀？這些綿羊的「無畏施」（無奈於冷風料峭）正說明了人類以強凌弱的任性習氣。行文至此，我想到了全省才有四千餘位善心人士響應了董氏基金會的「器官捐贈」義行。這些大無畏者正在行「救生」的菩薩道，無視於死後是否保持「全屍」的傳統，值得令人效法。

有一次，我正開車前往某一社團的活動大會會場，車上載了一些書，打算提早到現場展售，以賺取約數千元的外快，做公司隔日的零用金，但那天中午自台北縣福隆靈鷲山的「無生道場」返回台北的途中，不但車子流量高，且巧遇一部大轎車右邊前後兩輪全卡進了路邊的水溝裡，動彈不得。一向好管閒事的我，當然也跟著下車查看一番，我直覺地認為一定有辦法把車子抬到路面上，只要四個男士就行！於是我請那位駕駛該車的男士稍安勿躁，且告之汽車修護廠不太可能在周日仍上班的，只能運用信心及潛能了。於數分鐘內，我冒雨攔下了兩部車，下來了恰好三位男士，連同那位車主，兩人負責一輪，我在車後指揮，喊「加油、加油！」果然，過數分鐘後，車子如棉絮般被舉了起來，順勢往左一橫，那四平八正的姿態讓車主舒了一口氣。揮揮手中來不及開張的傘，我向他們道謝並祝福，忘了下午兩點已開始的社團活動時間，待趕到時，已近三點半，當然，放在車後的書是沒得卸下來賣了。隔天，接近中午時，在辦公室突然接獲電話，有位同業要向我公司買翻譯權，數目是七萬元；天下事很多真的很不可思議！而往往能捨就能得。

若我們能經常把真心隨緣佈施予眾生，龍天護法必會暗中助一臂之力。這個一捨一得，正如金剛經所云：應無所「住」（如：心無計較）而生其心，而上證下嚴法師曾說過：「有心就有福」，恰可爲這則故事做一個美妙的結語。

馬路如虎口，所以我們更應合掌感恩那些不畏寒暑、飛塵、噪音及安全的交警及義警們，他們每天的「無畏施」不知成就了多少可貴的生命啊！而我，在未皈依佛門前，是個標準的「虎口悍婦」，視這些勇士如牛鬼蛇神，既厭且畏，如今，卻有著不一樣的看待心情。學佛，真好。

也是生活禪

生活，可以是粗獷不拘的，也可以是細緻簡約的，全看我們個人的「用心」而已。其實，把生活過得平實、簡單，就是一種修行了。

國內目前有不少人在「禪」上興味勃勃，殊不知，「禪」依拆文解字來分析，則爲「簡單的表示」之意。若能於食、衣、住、行、育、樂上簡單的表示我們的需求及用途，就等於是活出一個知恩、惜福而充滿愛心的「生活禪」了。

我知道，有的家庭四口子合住在才兩坪大的「房間」內，動彈不得；我也知道，在非洲、衣索匹亞及其他天寒地凍的邊塞地方，路上已有不少餓餒；我更知道，一個貧窮的家是如何熬過它那畫餅充饑的日子……。而我，一個尚有世間債待償還的「次貧窮」者，在生活上憑什麼能有奢侈的念頭？於是，這兩年來，我非常「用心」地生活著，爲的是怕再「折福」下去，愧對無以計數的眾生恩。

現在，讓我就食、衣、住、行、育、樂六方面來發表一下個人的心得。

●食

△聽說「鈔票」是比人們更怕寂寞的，於是它們會自動歡聚一堆，使富者更富，貧者更貧了。所以，如果我們能儘量避免去餐館或其他場合消費，則「鈔票」久而久之也慣於「安居」在我們口袋內的。而我們那張張能幹的嘴，就有如垃圾吞吐港了，繁忙而辛苦非常，其實，任何時間，只要「馬桶」一按，什麼佳餚美食也會化爲烏有的，那麼，買那麼多零食，不知有何意義了？很令人欣慰的是，目前有些小朋友很有善根，他們競相節衣縮食，拒吃零嘴，以援助國際上那些饑餓的「小小難民」。希望普天下的父母養成了不買或少買的習慣。

△在自助餐廳用餐，可以不用另一個碗乘飯則盡量避免，與菜同盤；不用湯匙，以湯就口喝可也；餐畢，用湯水沖洗盤子，與油水再一起喝下。

△勿讓碗盤內有剩餘的飯菜留下，若不小心掉落桌面，也應撿到盤內，再

吃下去。偶而，我也會「好事」地挾起鄰座掉在盤外的「局外菜」，成爲我的「加菜」。

△若買了附有竹筷的速食麵，則筷子常會洗淨，再留下來以後用。

△到餐館與朋友聚餐後，所剩餘的菜，一定全部打包，乖乖地變成下一餐或隔日菜。

△水菓皮可儘量與水菓一起吃下去，但需沖洗乾淨（可用「豆粉」），以防殘存的農藥。因爲水菓皮有時可治病，且讓我們養成沒有「分別心」與包容、感恩的美德。

△儘量不去喝加糖過多的現成盒裝飲料，一方面可訓練自己節制口欲及開銷，另一方面爲減少垃圾。白開水是人們終身最好的朋友，永遠不膩口，又可健胃整腸。

●衣

我們凡夫仍在色塵中追逐視覺的唯美，所以，自會有許多能滿足我們這方面需求的廠商源源不斷地供應新的、流行的衣着款式來誘惑我們每次去一件、一套，甚或多件、多套的買回家「憑吊」（吊之，憑以朝夕觀賞也，不穿也甘願）著，殊不知，縱令你是個福報大如歌星者，又有多少必要的場合非令你覺得不每天翻新棄舊不可呢？是你自己太在乎自己，誰又有多少心思去記憶、讚嘆你身上每天變化無窮的色彩呢？許多愛美的女性都被自己騙了，因爲每逢喬遷之喜時，她們就大大的後悔了，險些坐在衣堆上哭泣。其實，服裝愈多，代表他愈沒有安全感，他恐懼被人嘲諷買不起衣服，他惶惑於自己的臉蛋和身段沒有別人的美，於是，寓宅內的衣服就有如嘉年華會的現場了……。

在未學佛前，我就是此道道上高手，曾擁有春秋、夏、冬之大衣櫃及一大皮箱的衣產，屈指一算，在我身上「穿」流不息的衣裳，約有千件以上罷！而這些「包裝費」若能捐給「慈濟醫院」，圓滿六間病房（共一八〇萬），則受益人約有三萬八千人次（一間病房平均若可使用三十年，乘以平均一周住有四個人次）。看！到底是「磚塊」對人類的健康及永恆性有用，抑或是只想自私地供養自己分秒都在衰老的肉身外觀有用呢？更何況，任何衣服的功能只不過能保暖罷了，現在有些「二十五」世紀的奇裝異服，只不過是在「露醜」罷了，根本就談不上「遮羞」。認識我的朋友都知道我對衣着、化妝品的論調是——注重頭皮下的智慧吧！頭皮外的一切東西都將隨著無常而老化的！其實，我們若能推行家家公司穿制服運動，則女士們就會減輕「永遠少一件新衣」的煩惱了，豈不善哉、善哉？

再來談及「足下物」——鞋。穿高跟鞋有可能使你長高嗎？何況，到了一般的家庭（或公司）去，你能免俗地堂堂「不脫」而入嗎？難矣。那麼，你有多高，豈不一目了然？坊間的鞋屋裡，陳列著平底、酒杯跟、葫蘆跟、細跟或粗跟等等的花樣，質料也有皮革製、合成皮製、布製、塑膠製，甚至特殊紙製的，顏色則有凡電腦組成得出公式的混合色，應有盡有，令那些嚮往「足下風光」的，癡情男女佇足忘返；而我，以前也是「嗜鞋成癖」的，逛鞋店看鞋、試穿鞋、買鞋的時間，竟然比逛書店的時間和興頭還多、還濃，真慚愧！而「書香」永存，「鞋臭」卻逐年累增，且每雙鞋與我的緣至多不超過五年，而書籍就是一輩子長相廝守了。若能以兩、三雙輕便布鞋莊嚴你的玉足，就很夠了。何況又可小跑步（爲健康或趕巴士上班），又可常洗、保潔，只要消費觀念一改，屆時，你將和本人一樣，身輕如燕，這種輕「安」（不會跌倒或有斷根之虞）、自在的美感，只有如人飲水了。鞋跟穿愈低、裙子穿愈長、指甲剪愈短，愈能表現中國傳統女性的氣質美。

有位李姓大善人，他是一位航運界的大企業家，不但每月把盈餘捐出一固定的百分比護持「慈濟」四大志業，且已佈施出數棟價值可觀的房地產給慈濟，而且他節省的美德是會令人人汗顏的——當他的襯衫衣領磨破時，他的賢內助就會把領子剪開來，翻過另一面，再縫牢好，繼續穿下去。在這處處着迷於名聞「利養」的貪婪之島，到底有幾位能像這位董事長如此惜福呢？正所謂「發財有道」啊！

其實，早在兩千五百多年前，印度就有一位了不起的服裝設計師，他就是「釋迦牟尼佛」。釋尊爲我們設計了「柔和忍辱衣」，至今都穿不破，又不用本錢，爲何不好好穿它一輩子呢？此衣不但安全，且可防彈，且不論什麼剛強眾生都會被你折服得沒氣使了。

●住

家母是居家「第一主婦」。因爲她是我所曾見過的女性中，最懂得節儉的一位。她清晨盥洗從不開燈；她會把用剩的香皂，你儂我儂地湊成一塊「三色皂」；她很少使用面紙或衛生紙，都用手巾、紗布或廢棄的衣塊解決一切；她每次刷牙所使用的牙膏量，只有一顆紅豆大；她洗浴用的毛巾、浴巾，從來就是那兩條，直到它們四分五裂爲止（而我，很慚愧，則另備有擦手巾、擦腳巾等）；她一年可能打不到三十通電話，是個最自在，不懂攀緣的人，這可省下一筆電話費給我晚上洽公或「談佛說法」用；她幾乎都用雙手洗衣服，除非寒冬時候才使用洗衣機；她一根小牙籤可用上一個月；我母親一向是塑膠袋的收集高手，她經常會把十分乾淨的整疊塑膠袋布施給菜市場的菜販們再度使用，所以她的人緣極佳；當母親在我車上聽到證嚴法師的演講錄音帶中，那段有關呼籲民眾積極地做居家垃圾分類、回收的話時，她不禁沾沾自喜地告訴我，她早已行之有年了……。

至於最不會節約的我，也正在努力實行「新生活運動」。例如，我所用的牙膏，大都是由出差時所投宿的賓館用剩下的，若是一整支的，我會捏完後，再用剪刀從底部剪開，再捏到幾乎像一張紙的薄度後，才從側面再剪兩刀，攤開來物盡其用爲止；夏天來臨時，全家人都捨不得用冷氣機，除非難得有親朋好友來家中一敍；我自行洗衣，且自行洗髮、洗車，一個月可省下千餘元。至於南下出差時，我給自己訂下標準——若找不到當地朋友供我小住一、兩晚，則住宿費不得超過六百元，而且以微笑、謝謝、贈佛書、佛卡代替給小費的先前習慣。爲了「節流」，我甚而於今年（八十二）起退了勞保，所以因此特別用心地活著，以減少生病的機會。

有些人已知道，證嚴法師的座椅，是一張年齡已二十來歲的普通籐椅而已，法師接受信眾參訪時，朝也坐、晚也坐，可能因爲法師坐得很感恩、體貼，所以這張椅子也就一直效勞到現在。論時價，數百元而已，論功能，不是俗情所可衡量的，因爲頑石既可點頭，籐椅何嚐不能「聽法」呢？草木亦有情啊！

其實，我們每個人若肯花上兩天時間來檢查家中所有購回的消費品，就會發覺其中有不少是「不一定用上它不可」的東西，於是乎，我們那美麗的公寓就變成了名符其實的大垃圾場了！這又何苦來哉呢？

●行

我有一位陳姓朋友，她服務於該公司已逾二十載，十餘年來，她每天總是「安步當車」，非但節省了可觀的交通費，也養成了健身的好習慣，所以，那一身姣好的曲線羨煞了不少年輕女孩；我也有一位客户的母親，她年紀已七十餘，但十分開朗，每天清晨健步如飛地去協助她兒子的公司業務，往往得走上四十分鐘左右，且她很喜歡這種天天「腳踏實地」的感覺。至於家母，她從不輕易搭那種她認爲太闊綽的計程車，除非有人替她付費或到醫院掛急診看病。只要我們願意張大眼睛看看四周正在節約過日子的人，我們將發現：原來生活也可以那樣子過的……。而一切只要「我們願意」，我們就可以立即效法。

●育

有些父母並不是很注重胎教的優生學，反而執着於「胎後教」的「後優生學」，他們把小孩想盡辦法去念「貴族學校」。其實小孩子本身原本是無此企圖的「分別心」，但久而久之，自然而然就會傲慢起來，而去看輕那些念平民學校的同年齡孩子了，這反而是種負面教育了，所以說：愛之足以害之。不可不慎。

往往為人家長的，並非在替小孩選擇師資上用心，而是刻意在與親朋好友互比雙方「面子」大小罷了！小孩全然是被動的、無辜的。這些小孩長大後，或許要比別的小孩多承受一些「折福」的業果。試想，貴族學校一學期的註册費，足以供應某一落後國家一户人家數十年的生活費，這不是浪費福報又是什麼呢？一經畢業後，不知有幾人真能智慧高人一等？又有幾人真能體恤到父母愛他們的用心呢？而温室的花朵總是易凋零啊！

請勿忽視小孩的言語舉止，他們有的是來渡化父母的。例如，有個小菩薩，他每逢雙親爭吵後，都會默默地抄下一句《靜思語》中的文字，貼在父母親所睡的床頭，以鼓勵他的父母「放下」，而由「相敬如兵」轉變成「相敬如賓」了。另兩位已讀到中學的小菩薩，他們偶而在看到雙親爭吵時，往往會說：「看！『慈誠隊』在大戰『慈濟委員』！」於是，誰說「教育」一定是由上一代去教化下一代呢？身教一定重於言教啊！孝順父母的行為尤其更是如此。

我們的孩子是否成龍成鳳，只有「義務」去盡全力而已，而無「權力」要脅孩子樣樣都要拿「第一名」不可。若每個父母都如此想，全班學生假如有五十位，那麼誰願是第二，而誰又願是另外的四十八位呢？中國人的「老大心理」歷久不衰，全都是來自於「家庭教育」的包袱。哪天，大家紛紛把這累人的「面子」摘下來，各個腳下就是淨土了，何需等往生後求呢？許多計較心、煩惱心，哪樣不是與此無關呢？所以所謂「教育」的生活禪，在於身口意清淨無染罷了。

●樂

忍樂比忍苦難。但個人認爲「忍富」則更難。

我們一生用於「玩樂」上的費用，若願細算一下，會發現除了幾卷照片遺留下的淡淡回憶外，一切都盡成空也。台灣這十年來的經濟富足，使國民旅遊蔚爲世界一大「奇觀」。購物天堂於是比比皆是，使異國街坊寸土成金。

生活禪上的「樂」，是要我們心地寂靜、清朗，使其八風（利、衰、毀、譽、稱、譏、苦、樂）吹不動，時刻處於「法喜充滿」中，並非爲外物所役，爭相攀緣、玩樂去之意。像一般的遊樂場所，如KTV、電玩場、抓抓族去的吊吊場，只要誰廢寢忘食地一連坐上四十八個小時，包準會忍「樂」不住，以後再也不敢涉足了。因爲，世間的浮世樂沒有一樣是可以使我們恆樂的，所謂「樂極生悲」之觀亦同此。快樂永遠是短暫的，快樂的無限延伸即是痛苦。若我們能轉化物（俗）樂而爲法樂，豈不省錢、省時，又能真正獲得心靈上真正的喜悅呢？

佛陀曾告誡弟子，把世財（收入亦是）一分爲四：一分孝養父母，一分當生活所需，一分爲子女教育基金，另一分則爲社會慈善佈施金。不知道當今社會，我們能有多少人做到？

狂心頓歇

參禪返照好施功，菩提煩惱本來同，
一旦深達法源底，方知諸法本來空。
雖然一切皆現成，必經一番寒徹骨；
但得隨緣不逐境，趙州門下舊家風。
今日解七一事，最後一句又怎麼說？
起七又解七，萬法終歸一。
大衆回家去，仍披舊時衣。

惟覺老和尚不愧爲台灣禪學一方之雄。因爲每每一載難逢的「精進禪七」

一經披露於外界，十方佛子即風起雲湧，一起奔向秀麗的靈泉寺，把萬緣放下，尋它個短期出家去！

八十一年十月二十四日下午兩點，我帶著外表看似平靜，內心卻無比興奮的心情到靈泉寺報到。待總算輪到我去口試時，主試的那位尼師竟然不要我背誦心經，經輕聲細語幾句對答後，我終於領到了生平第一張的精進禪七學員卡，號碼竟又是討人喜歡的「四一一」。於是我跟隨著另一位陳師姊，進入了一間「菩提」寮，那晚，當歇息木魚聲敲響時，我真的很想趁那偷來浮生七日閒的光陰，好好的「覺」它一覺；「悟」它一悟，以免愧對枉住在「菩提」寮內的使命（一切天下事，絕無偶然的）。

第一天，才進得安寧的禪堂，外面的世界已七分初雨三分微墨了。當長廊上所有懸掛的窗簾霎時齊放的當下，我不禁悲欣交集。悲的是，我此生此世到底有多少時光可以如此明明白白地面對自己的真如本性？而過了七天之後，在聲聲珍重再見裡，有多少人可以真的「三關齊破」，昂首闊步出禪堂的？而喜的是，我即將面臨一種全新的生命經驗——一種不需與外塵俗界拔河的解脫快意!在一聲聲、一句句四眾弟子對釋尊的諷誦梵浪聲裡,我內心萬分激動,於是,我的兩行熱淚有如靈泉,迅速滑落、再滑落,滴在海青的領口上,滴在光亮的地板上……。無量壽經中有云:「若有眾生得聞佛聲,慈生清淨,踴躍歡喜,衣毛為起,或淚出者,皆由前世曾作佛道,故非凡人。……」原來,自己與佛陀已緣定數劫;原來,本想組團前往大陸五台山朝聖去的「般若之旅」臨時取消,而改往靈泉寺,也是另一種讓我追尋「船若」的法門啊!感謝所有助緣。阿彌陀佛。

前三天,為了把數息和參話頭努力學成,差些把一片牆上的「打得妄念死,許汝法身活」標題旁的所有用字遺辭背將下來,但我仍是渾身躁熱難安,妄念自第八識田中,一一攀芽而生,一剎那間,遍滿虛空,使得我第二天即捨了蓋腿布和後墊,第三天,整個禪堂,只賸下主七老和尚和本人的禪座上是空無一物的。既得無物一身輕,哪管外頭風雨交加來?於是,我就開始玩起年輕時那種得意本領——鬧學——的家當了!但莊嚴而寧謐的禪堂,豈能容我「鬧法」啊!只好把目標轉移到惟覺禪師的身上,於是,我殷勤地請周圍護法的師兄頻頻遞上我的考問紙條，屈指一算，不算荒唐，每天才五、六題罷了。（不過，倒把老和尚問得頻頻用心回覆，真爲難他了！）我最喜歡「行香」（有時小跑）的時段和在夜暮低垂或清晨時刻，老和尚以他那充滿甘草味的四川鄉音，述說著禪門公案或佛經中的幾個法味濃郁的故事，加上他慣有的灑脱、幽默，使得我捨本逐末起來，竟忘了應該學習如何打個如意禪的功課了。只覺得熬香熬得苦極，一直盼著四十五分鐘快快過去。這其間，我「忍」出了五支香的功夫，絕對不把腿子放開去；我亦「參」出了自認爲境界不差的禪堂十圖，它們禪韻十足，玆條列如下——

● 尋牛／忙忙撥草去追尋，水闊山遥路更深，力盡神疲無處覓，但聞楓樹晚蟬吟。

● 見跡／水邊林下跡遍多，方草離披見也麼，縱是深山更深處，遼天鼻孔怎藏他？

● 見牛／黃鸝枝上一聲聲，日暖風和岸柳青，只此更無迴避處，森森頭角畫難成。

●得牛／竭盡神通始獲渠，身強力壯卒難拘，
有時始到高原上，又入煙雲深處居。

●牧牛／鞭索時時不離身，恐依縱步入埃塵，
相將牧得純和也，羈鎖無施自逐人。

●騎牛歸家／騎牛迤邐欲還家，
牧笛聲聲送晚霞，
一步一歌無限意，
知音何必鼓唇牙？

●忘牛存人／騎牛人已到家山，
牛也空兮人也閑，
紅日三竿猶作夢，
鞭繩皆棄草堂間。

●人牛俱忘／鞭索人牛俱屬空，
碧天寥廓信難通，

紅爐焰上爭容雪，
到此方能合祖宗。

● 返本還源／返本還源已費功，
爭如直下若盲聾，
庵中不見庵前物，
水自茫茫花自紅。

● 入塵垂手／露胸跣足入塵來，
抹土塗灰笑滿腮，
不用神仙真秘訣，
直教枯木放花開。

個人認爲第一種解法爲——牧童代表「心」，牛代表「覺性」，而鞭索則代表「潛能」；第二種解法爲——牛代表「執着」，鞭索代表「妄想」（指嘲弄衆生的無明）；第三種解法爲——牛代表「法」（性）。當然，若把牛比喻爲「禪定」的狀況也行。我獨喜「庵中不見庵前物，水自茫茫花自紅」，因爲人們經常會在諸多計較、思量時失去了本心，若能常將此句置心頭，則自會活得自在些。

第四天清晨，在兼用了自創法門「自我暗示」（我側身站在另一個正在打坐中的「我」旁，頻頻催促著：海若，甚深禪定……海若，甚深禪定……）之下，我終於入定了，那是坐第二支香時，記得恰好是個天候乍晴，陽光重新遍照大地的良辰。這種成功的經驗使我差點喜極而泣！記得有一回，迷迷糊糊地站起來，尾隨著前人行香，但只行了半個禪堂外廊，就立即又脫了隊，回到坐墊上，繼續入定去，有時，連維那已在領眾做晚課了，我卻猶禪定不起。難怪許多道場所設的禪修班一向座無虛席，更難怪所謂「禪悅爲食」如此引人入勝。只可惜，我大約只坐了七、八支好香而已，其他時間，甚覺無聊，主要是雙腿快麻僵了！加上平常好動慣了，當然就視坐禪堂如坐針池了！

知道第六天開始要小參時，頓感緊張，因爲先前對主七老和尚不夠恭敬，且老是拿他來和心目中熟悉的大善知識比法，自是「進退不得心自慌」！於是，走出了禪堂，在面對蒼翠山谷的台階上，我讓艷陽、彩蝶和微風伴我入定，約莫坐了一支香的功夫，我才折回禪堂去，橫豎立起腿子，像觀世音菩薩那種隨時可聞聲救苦，跨腳下來渡眾生的那種姿勢，不再打坐了。這以後，我就有時打打妄想、唸唸佛號，或數數目字，以打發漫長的小參時間。好在，當輪到我單獨面對老和尚，讓雙方彼此參一參時，一看到對方竟像彌勒菩薩一般的笑意深濃時，我的疑團頓時煙消雲散。

原來，所謂「真慈悲」就是放下一切計較，如如不動。至於有關那封「長信」，就只能當成日後的紀念品了。但我已全然不在乎它被看了沒，或被思惟過沒？心想，那是我和惟覺禪師的緣，勢必要了它一段不可的！

在禪七結束後的茶會上，我心中暗自盤算，將把最近售書所得款中的「五萬元」，拿來護持「中台禪寺」。但有一件萬分巧合的事件發生了！在連續七日以來的好茶、好餐、好點心的感恩心情下，我臨時與另外一、二位熟悉的師姊，決定再多留下來一天，以協助隔日的伙食。沒想到，在隔天下午四點左右準備退單返家時，我因把車子停在禪堂前的半山上，以至於一向被我疏忽的剎車失靈事件突地發生了！我的車子在兩秒中迅速滑落下，撞及到約六公尺後方的一部進口轎車，結果對方並沒保全險，而我的意外險也已過期，次日下午，經王姓車主要求，需講究些，多負擔了數千元的烤漆費及原本已不良的冷排系統維護費，總計竟然高達五萬餘元，結果成交價也正好是「五萬元」整！難道那位居士及那家汽車修護廠是我的冤親債主？（聽說許多人在打禪七或佛七前後，都會有小小劫難的）又難道，是中台禪寺不想要這需售掉約一千七百本書才能圓滿佈施的功德金？此刻，禪堂外長廊上那幅「強中自有強中手，因緣果報不饒人」幾個字又浮現在我腦海裡……。是的，「狂心頓歇，歇即菩提」自是此番事件的答案，而過了不到三個月，我果然也出版了生平第一本著作，書名居然由朋友替我命名為「一悟覺千秋」。

合掌感謝所有打齋供眾的施主及發心護七的菩薩們，當然，更感激惟覺老和尚教我如何禪定，甚至教我什麼是所謂「忍辱」波羅蜜。我誠心祈求他的寬容。阿彌陀佛。

誰來補天？

我的記憶力一向很弱，甚而，有關八歲前的人事，幾乎已全然還諸天地。但是，屬於內心深處那根時剛時柔的弦，卻怎麼也不願遺忘幾幅曾經令它顫抖不已的畫面。下面我即將要描述的，既美得離奇，又令人恐懼得會數度休克的一幕，是一則有關「天」的真實往事。

前年某天的夜晚，我隻身飛駛在台北建國北路的往北高架橋上，那時，我的心特別寧靜，車內也一反往常的習慣，沒打開錄音機聽帶子。車外的狂風，熱辣辣地拍打著我的長髮和面頰，我正一念不生，想就此讓終結的汐止交流道呼喚我的意識回家……。

突然，不知在什麼路段上，滿天烏雲密佈，頓時山河變色，大地失明，過了幾秒鐘後，我那擋風玻璃前的一片蒼天，霎時喧嘩起來，夾著光艷無比的彩色雷電，虛空居然也可銳變成塊塊乾旱的河床，從那些神秘而深不可測的河床裡，紛紛競相傳出「隆、隆……」的天聲，幕幕繽紛的嬗替時光，少則四、五秒，多則維持兩分鐘左右；眼前絢麗而輝煌的雷電之舞，竟然有如一齣「天命」的舞碼，它似乎想傳遞那份特有的「壯烈之美」訊息給人間的子民，它似乎更想傾吐「人生無常，天地亦無常」的心事！

懷著忐忑不安又貪戀著那份絕美天色的心情，我將車速緩了下來，數著每陣電光石火的時間……，當時有股衝動，竟想把車停擺在路肩上，下車與天幕玩一場生死拔河賽，但自己畢竟沒有那份可能在天河呼嘯下捨命的悲情勇氣，雖然，那陣子，我正是處於最有理由輕生的困乏之際……。時間悄悄流逝，天空依舊熱鬧非凡，我的思維被推逼到「存在主義」的白牆上，但拋空一翻，它又以無限舒坦的姿態，對我無聲說法——佛經中所謂大地六種震動之瑞相，莫非此乃其中一景？

車裡車外

有一次，我去台北西門町拜訪客户，正依著綠燈號誌行步到一大十字路口，迎面忽然傳來極爲刺耳的叫罵聲。放眼一望，原來是兩部車子的主人正在怒火中燒。女方嗓門尖銳，面目猙獰，男方亦不甘示弱，以牙還牙，且已下車，走近「對手」的窗邊，準備隨時耀「武」揚憤。

我一驚，趕忙探身一擋，拍拍那位男士的肩頭，再向車內的女士一鞠躬，並連聲道：「你們都不要再罵下去了！再罵，人格都沒有了。待會兒，若引起交警來現場，恐怕誰也逃不掉。因爲這兒明明是黃線地帶，誰都不能停車呀！倒不如雙方熄熄怒火。」經我這麼一勸，原本男方有些腼腆，要轉身先開走車子了，但女方卻又不甘心地對他叨唸了兩句，我深怕會再節外生枝，就向女方微笑地欠欠身，對車窗內仍扭曲著臉的她說：「好了！都算我的錯。由我代他向妳道歉行不行？快開走吧！妳的女兒都快嚇呆了！以後請不要生那麼大的氣，理直氣『和』比較好。做媽媽的，身教也很重要的。」她總算面露愧色，在連聲稱謝後，跟著前車揚長而去。

× × ×

有些氣派十足的車子，車內卻坐有極爲自私的駕駛人。這是台灣大都會的街景特色之一，也正是「百萬名車，一元氣質」的寫照。他們往往會把自動玻璃窗降下來，以熟稔無比的「拋物手」，將煙屁股或垃圾摔出車外，再搖上電動窗，一路趕集去。每部車內都裝有煙灰盒，他們之所以不用，應只有兩種原因——「滿了」與「習慣放空」，前者定是吸菸過量，後者恐怕是佔七成吧！把馬路當成大垃圾場，較「眼不見爲淨」，或爲了避太座大人或女友的耳目。逢此情景，只要紅燈時間允許，我偶而會壯膽下車，迅速跑去撿起半截煙（真浪費，只吸幾口罷了）或垃圾，並敲敲那片昂貴的進口窗，向裡面的主人說聲：「你的東西掉了，我替你撿起來！」若車主漠然以對，我就有兩個快速的小動作來完成馬路教育的任務——先把煙頭熄滅，再挾在對方的雨刷下，或拿回到我車上的垃圾袋內，由當時視時間而決定。

我跑過十六個國家，只有我們的政府會在高速公路上張示：請勿丟棄票根……的懇求牌，還好它未被譯成英文，讓外國人恥笑。曾仕強教授曾於多次演講中提到，老外經常會向他讚嘆道：「你們台灣人賺錢賺得真辛苦，居然可以一面吐血（指吐檳榔汁）一面還在開車……」

我公司隔壁住有一瀟灑的男士，他經常穿黑T恤，開一部全黑的車，又豢養了一隻黑白相間的犬兒，但不幸的是，也患有這種慣性「摔物症」，有一回，我只好趁勢接住，並向他說：「請勿亂丟垃圾！這次你丟我撿，下次就看你的了。」之後，偶而遇到的幾次，他居然一反以往趾高氣昂的神態，開始會對我微笑了。我公司的大門口，二十四小時特備有一個大垃圾桶給來往的鄰居們或路人使用，但往往隔日清晨一開桶蓋，仍是空盪盪的，一回首，卻見僅只三步之外的大打包平檯上，躺有狼藉不堪的一堆「煙屍」或垃圾，這社會真的病了嗎？或許是我想廣結善緣的態度仍不夠圓滿吧？更或許是菩薩要我力修「忍辱波羅蜜」這個學分吧。

× × ×

約三年多前，我開車奔馳在南北高速公路上，因爲當時被塵勞纏縛，心浮氣躁，且尚未學得禪定功夫，側首一望，最靠近我的左右兩方跑道上的車子都是掛著「新竹」的牌號，再隔一分鐘，又出現了一部「台中」來的車輛，一反先前所略看過的其他偏南方的車牌，我彼時暗忖：糟糕！我是往南的，怎麼又上錯了交流道，改往北駛了？約兩、三分鐘過後，我才突然想起，我是自台北南下的車輛，比新竹、台中更北方，更何況整條高速公路上有來自全省的車輛在穿流著，有何不對呢？這才安然繼續往前行駛，把一顆焦急不安的心安頓下來……。

因爲我一向記憶力不佳，縱令高速公路給我跑了三年五載，仍是分不清楚那些個中小地名的前後順序，所以路邊的地名指示牌對我而言，只讓自己感覺到是個睜眼的「開車瞎子」罷了！所以只能時時鼓勵自己，務必在交流道上確認清楚南北方向指示牌。這件糗事偶然會浮現在我的腦海裡，每逢自信心正脆弱時，可立即警惕自己：向前去吧！放下疑團！其實，在我們日常生活中，許多人常會不自覺地被類似這種「疑心生暗鬼」捆綁得透不過氣來，自找麻煩！

若能養成「信任自己、信任他人」，則分分輕安、秒秒自在了。

× × ×

小豬仔是十分可愛的，但若是把牠們殺死，再將一隻隻的蹄膀連同腹邊肉整齊地懸掛起來，那景象是令人毛髮直豎的！且終生不易或忘的。

這件事是發生在今年三月某一天的夜裡，我正驅車在汐止的大同路上，打算返回寓所，有部來自雲林縣的大卡車，霎時驚天動地超了我的車，藉著光亮的街燈，我看到了此生最慘不忍睹的鏡頭——兩排排列工整的蹄膀正泛著蛋殼白的光，一路隨著急駛的車速而晃盪不已，那擺動的頻率也相當一致，恰如二隊人馬在互相點首示意一般。我心中萬般不忍，遂再跟緊那部車子，把念定在那群豬仔上，一直用心唸著「往生咒」，並期望有個足夠的紅燈時間，讓我下車去向那位司機先生勸一句話——因果不可思議，快轉行吧！不管你有沒有親手屠殺牠們。但我一直沒有機會，就眼睜睜地在中興路口送別這部大卡車……。回家兩周內，每憶及此鏡頭，輒食難下嚥。

另一次是在高速公路南往北的方向上，也是在深夜時刻，突然駛入我眼簾的前方大卡車內，吊著數十片旋盪不已的大塊豬身，先前，我以爲是成衣廠的加班車，裡面載滿了男士們的西裝外套，待定睛瞧去，簡直令人毛孔賁張！我觀想著牠們生前那些活潑的模樣，但此時此刻卻默默無語的任人擺佈牠們，身首異處，不知分了幾部大卡車來裝載？這真是個弱肉強食的社會啊！若那些成天三餐對眾生肉不捨的人類，但願這些可悲可嘆的鏡頭能夠有朝一日被他們看到，相信他們就再也不忍舉箸了。

我也曾在公司附近的菜市場攤位上，看過一顆碩大的豬頭被掛在上方，牠也似乎在向我低泣，抱怨這世人的殘酷惡行……。台北有家大餐廳，甚而取名「豬天堂」，把豬的被迫死亡，形同下地獄受極刑諷刺成「天堂」，多沒人性啊！當然，更有爲數不少的餐廳招牌，把家禽、家畜全畫了上去，似乎在頻頻示意饕客們：來盡情地吃下牠們吧！以增長你強壯的肉身啊！

我已茹素近三年了，反而不用常跑急診室去治急性腸炎，而體重也不增不減，且常吃芝麻的關係，頭髮黑亮，臉上的皮膚細亮多了，這些都不是那些被犧牲的眾生肉恩賜我的，而是取之於大自然的蔬菜、水果和豆類啊！誰說，長有臼齒如象、馬、鹿的人類，就不能草食（素食）而非選擇如虎、狼、獅子等長有撕肉用尖齒的動物習性去生吞活剝有口不能說、有怨不能訴的弱小動物呢？平白去與有「靈性」的眾生結惡緣，以致於世世冤冤相報，無有出期，這又何苦來哉呢？人們不知要到了何時才會放下屠刀、閉上「屠口」啊！這純是個供需問題。我常力勸家庭「煮」婦，買眾生肉時，每日、每月一定要減量，改吃蔬果、豆類，她們擁有動物們的生殺大權，只在一念之間：妳放不放過「牠們」當府上家人的口下祭品罷了！

行文至此，仍是覺得心頭沉重不已，若婦女們仍不好好反省，改良一些自身的買菜習慣，放下「口欲」，那麼又如何消業障呢？縱令有心向佛，跑遍千百個道場，向佛菩薩嗑首數萬下，也徒乎奈何了。所以，任憑什麼千刀萬刃在前，我仍是會老婆心切地提筆疾書，快快「放生」、「護生」、「救生」吧！

歷劫歸來

冥冥中，似乎一直有雙隨時拯救我的手，在我生活的周遭伺機向我伸出……。

前半生，我逃過水、火、車禍三大災，但卻毫髮無損。學佛後，才猛然發現「歷劫歸來」的感覺是如此深刻的烙印在我的生命史上，忘也忘不了。

●水厄

高三那年，有個假日，我們六個死黨騎著腳踏車前往名聞新竹的香山海邊戲水。大夥兒在划船的當下，心情萬分高亢，但一個不小心，我翻下了船，栽落水中，另五個好友一時興起，趁勢壓著我的頭和肩膀，想惡作劇地讓我在水中灌個飽，但誰也沒有想到，我這隻旱鴨子是經不起這麼幾下的，我的玩伴們一見我擺動的雙手幅度漸漸微弱了，恐不是和他們逗趣的，於是改成同心協力的把我從水中拖撈上船，後見我臉色蒼白，知道情態不妙，遂由其中兩位爲我胡亂按摩幾把。果然，在吐了不少海水後，死神已遠離，我又平安無事地再和她們繼續泛舟，一路玩鬧下去。

事隔十餘年後，有一天，我路過某街，恰好有個大面相圖解迎面而現，我好奇地比對一番，才知道原來長在左嘴角下的大黑痣代表「水厄（險）」。自從那次水厄以後，我到海邊戲浪，一定不害臊地和其他小朋友一樣，隨身護著一輪救生圈，否則，今天絕無機會寫作，出版這本書與十方結書緣了。

● 火厄

自聽筒的另一端傳來母親語不成聲的嚶嚶細語，由斷斷續續的殘句裡隱約能嗅出大事不妙的氣味，果然她說：「樓上九樓失火了……」，我來不及安慰她就匆忙掛上電話，直奔家裡，一路上不知硬闖了多少紅燈，直覺得臉上火辣辣地，腦中一片混亂，慌急中似乎聽到妹妹在建議換人開車……。

現場果然比想像中還要雜亂，十來部消防車七橫八豎地包圍在路旁待命，並忙於輸送水源。救火人員勇敢地吊在半空中，面對火舌的挑戰，在千頭鑽動中，總算看到一雙孤立無助的眼睛，我趕緊握住母親冰涼的手，在拍拍手背之際，頓覺竟是活生生的親人血液在相互激流著，心中有說不出的感慨。望著細雨中的火焰，仍是霸橫、任性地往十樓、十一樓和十二樓直竄上去；陰霾的天空蒙上團團濃煙氤氳，眼看夜夜織夢的閣樓轉眼即將付諸一炬，胸口實在緊得發痛。身邊不知何時已排列了幾位職員，他們忘了上課和私約，竟尾隨而至，想安慰、幫忙我這位號稱「女人中的男人」的危險處境。

碰到大火，只有沉默地禱告，暫借別人的菩薩和上帝來求取平安，其他的事實在没空去想，去調理了。

我第一個想到的是那些支票、書籍和鋼琴、字畫，而後才想到房子是花錢買來的，而大妹在旁也嘀咕著她的寶貝錄影機才新買的，小妹則悶不作聲，淚光婆娑；母親着急地仰首望向熊焰熾紅的九樓窗口，口中唸著電視、洗衣機，且怪著實在不應該兩手空空如也的下樓，口袋裡來不及塞些貴重的家當，我趁勢注意一下她的衣着，並没讓火兒焦着一點裙裾，倒是腳上的一雙鞋没啥默契——穿反了。望著熊熊烈火，家人各懷異望，職員們也許有人開始在臆測老闆快破產了，而我只能巴巴地乾瞪眼，站在雨中束手無策——英雄無用武之地了，心中一面對那位肇事者恨得牙癢癢地，一面卻感激老天有眼，在最要命的時刻給雨不給風，施惠空中補給的美德。身邊此起彼落的咒罵聲，摻雜著驚呼抱憾的悉嗦聲，這種難以控制的場面十分令人喪氣，加上穿著黑色制服的警員們封鎖著大樓的入口處，所以使我更有如熱鍋上的螞蟻。

我凝睇著火舌的方向。時間是下午六點十分，人潮仍是洶湧不絕，車輛有如棋盤上的棋子，被動似的在交警的指揮下緩慢地移步，剎那時，彷彿已過了幾個漫長的世紀；人事全非，印象全無，加上自己一向好於幻想，心情實在難抒放自若，不敢遙念今晚是否仍可原處擁衾而眠，笑夢煙花。

爲了逃避現況，壓抑緊張的心緒，只好轉往美容院爲座上客，在短短的一個小時裡清醒、清醒。待特赦令一下，我直飛八樓住處，忘了寸步難行的樓梯黑水濕滑，更忘了高處不勝爬的痛苦；三兩步進得家門，眼見一切完好如初，才記得嘴角該牽引放懷的笑紋了。母親則早已喜不自勝地笑容滿面，剛好有兩位救火英雄借用電話，當然照奉不誤了，臨走時，我們都聲稱感激不盡，但還是忘了送紅包討個吉祥，並且忌諱似的就是不肯向他們說聲：「再見」。

想想他們真了不起，區區微薄薪俸就能讓他們出生入死，若缺乏十足的勇氣和慈悲精神實難勝任愉快。看著梯間的狼狽景象以及消防栓無力地歪斜在壁間，心中難受莫名，回想當初爲何買個大樓住家？除了有管理員管理，防盜作用高，其他的好處並不多，而且每晚在臨睡前總是會習慣性的讓那些救護車的呼嘯劃街聲促我入眠，久而久之變成催眠曲了，真悲哀，回憶剛遷入時夜夜戰慄，恐慌不已，總是平白掛慮著結果被救的病患是否活成了？……

不再懷著幸災樂禍的心理，我和母親遂產生向鄰户受殃人家致慰問之意的念頭，因而拾階涉水而上，探視並安慰、協助九樓之一那位受驚而可憐的肇事者——老外。

站在伸手不見五指的門檻前，他握住我們的手，輕道謝意，望著一張受駭的臉，頓時覺得他似乎很無助；一個鏡頭前加諸他身上，來自四面八方的咒罵聲，現在好像再也不忍讓他去聽到了。我替他設身處地分析處境後，竟也同情勝於抱怨了，據他說，起因於電線着火而後措手不及撲滅。不知這位闖禍者要如何面對受損者的責難了。憶起剛才自本樓大門進來，才看到一對母子正在沙發上沉默地擁抱在一堆，那位年輕的母親兩眼紅腫不堪，她可能是受害者之一吧！但整個大樓很慶幸並沒有任何人傷亡。

有時，想想取名字也真玄，我所住的「天祥大樓」，照理說，應是非常吉祥的，沒想到也會有事與願違的天災。迷信與否，隨人們自己去適應，信其有則三餐會食難下嚥，因只記禍不記福，信其無則一切順乎自然。從這次的災禍中，我頓時領悟了一些人生哲理，也不再慶幸大火沒從低樓或同樓燒起。

祝融之後，雖浩劫餘生，但於握管疾書之際，仍有不少關懷的電話頻頻打來阻斷思緒，所以此文凌亂不堪，而收筆更難。面對孤燭殘影，心情反出落得安詳，只願天下有心人都能保有一份赤子之情，在面對身外之物去留之際能想開點，退一步則天天天藍；當自己和身邊的親人都能復擁有熾熱生命的同時，也應更爲珍惜無情歲月的鞭笞，使自己恍若蛹之生，從再成長的過程中感念生命力的強韌不容畏怯；更感謝親朋好友、職員們那些關懷的電話，這些都是患難中的真情，當不敢輕易忘卻。

（本文轉載自七十三年三月號「開拓者」月刊）

●路厄

當去年（八十二年）四月南下出差，車子三度發生驚險狀況的前個周日上午，我突然無意識地拆下一直戴在頸上的那條近兩年的玉質觀世音菩薩K金項鍊，放在化妝台上，但過了約十分鐘左右，我竟不經意地把它撥落於地，待速拾起一看，菩薩像已自項部斷成兩截，我心頭頓時痛得抽緊，自忖：莫非要教誨我萬事需「破相」，莫非有什麼事要發生了？

果然，四月十三日，在台中市三民路路口，我那部一向氣若游絲的林黛玉型七歲餘老車，引擎的啟動馬達線路全已燒焦，加上電瓶用水早已耗盡，並已燒到底部發黑的地步了，在被拖吊到三信公司搶救時，才聽說我真命大，只差上幾秒或幾分鐘，車子將會引爆！真感謝該公司優良的專業知識與技術，在數個小時中修護成功，更感激觀世音菩薩尋「味」相救之恩。

× × ×

次日傍晚，我在台南市內某街道上，正一面打著信號燈，一面迴轉車子，以便準備停靠在路邊，再下車去拜訪對街的客戶，沒想到，從後視鏡中並未看到任何後方來車，且在緩速迴車之下，仍會有事發生，只聞一聲巨響，似有重物落地，心知不妙，立即把車停靠路邊，下車一看，原來有位中年婦人正坐在地上放聲大嚎，她的半隻腿被她所騎的摩托車壓倒在下面，動彈不得，我一面連聲感謝有位熱心的陌生男士爲她拉起倒地的車子，一面用力扶起那位小腿正受傷流血的婦人，彼時，我心慌如猿，只盼望她沒有因沒戴上安全帽而腦震盪才好。

接著，我立即開車載她去接剛放學的女兒，隨後再去市立醫院爲她那隻受傷的左腿照X光片、擦碘酒藥水，領兩日份的藥，並替她交了一千五百二十元的醫療費，事後經由她補交勞保單時，再領回此筆款項，以作爲摩托車的擋風玻璃和以後中醫的診療費。當時，我身上只帶有兩千三的現款而已，真是緊張萬分！五天後，我在台北去電慰問病情，一聽她的腿不太能下樓梯，於是決定每日早課後迴向功德給她，祈菩薩賜她早日康復。

真是人命危在呼吸之間呀！此事同時讓我感覺到母愛的偉大，一個母親竟可以爲「準時」到學校接載唸高中的女兒而忽視自己的安危！

× × ×

四月十六日晚上六點左右，我在新竹，正想開車返回汐止，結束五天的出差行程。彼刻，天空突然下起雨絲，但我知道雨刷已於南下第一天時試用過了，完全動彈不得，心想，倒不如在車上睡半個小時，或許睡醒時，雨也停了。

果然，雨點在六點半停了。我輕快地上了高速公路，但是不到五分鐘，老天又在淌淚了，滴滴、絲絲、塊塊地敲打在我那一大片擋風玻璃上，聲音落寞而荒涼，於是，我一路持著阿彌陀佛的聖號，張大雙眼，冒雨前進，直到煙雨朦朧中，我看到了「湖口休息站」的指標時，才把一顆忐忑不安的心暫時安頓下來。但因視線不良，下了閘口，我似乎錯過了該休息站的入口彎道，只能再回到高速公路上「賭命」去，可是僅只幾秒鐘，我臨時決定把車停在閘道的大轉彎處。

引擎熄了、大燈熄了，而窗外的大雨未息。灰白路燈温暖的灑了半車的暈黃，我的思緒頓時冷靜了下來。所謂地、水、火、風，原來竟是如此無情啊！在短短五天之內，我受盡了水（雨）、火（車子線路故障）和風（車子行進中撞到他車）的三大考驗，而以上任何一刻差錯都足可致命！突然，我覺得好累、好累，於是我就迷迷糊糊地入睡了，過七十五分鐘，我醒了。車外居然已風歇雨停。打開上證下嚴上人的《靜思晨語》錄音帶，我把車温了一下，就一路往北急駛而去，但過了十分鐘，挑戰又來了！這次下的雨是夾雜著雷公的威勢，逼得我於後車喇叭聲不斷中，以最低標準的 60km／hr 時速前進，到了中壢交流道，我喜出望外，立即決定再下閘口。我馬上找到了一家小汽車修護廠，時間是晚間八點半。那位老闆很有耐心地拆下兩刷馬達，原來裡面的齒輪完全磨平了，因爲隔日一大早要送貨給客户，所以不能在該處停工待料，只好再次頂著雷雨，冒險前行。一路上，我呼請眾諸佛菩薩加被我。就這樣，帶著一種「風雨中的寧靜」心情，我終於安抵家門……。

相信所有車主（汽車、摩托車、腳踏車）多少也有過大小的車禍事件，而我個人的車禍紀錄之中，也曾在高速下撞到安全島後，險些翻車喪生，那時，油箱也已嚴重缺油，我的眼睛又因長期開車而酸澀地充滿血絲，結果仍是不可思議地避了橫禍——車子不知所以的跨越安全島而滑到對街去，當時並沒撞到雙向來車，但待驚魂甫定後，卻由後視鏡中看到了川流不息的車子正快速的行駛著……。

馬路如虎口，車子似禍水，這兩者隨時都會攫起我們的性命，實在不得不慎。

有一次，我在車上聽到一段有關預言的故事，那是在某年的中秋節，許多大巴士戴著慈濟人自高雄前往花蓮靜思精舍，與證嚴法師同渡佳節後，準備啟程返南，但偏逢颱風夜，在歷經橋頹路裂的驚險旅程後，大夥兒只好望風興嘆，再折回精舍。當法師親自一一慰問過後，他幽幽地說了一句：「剛才你們正要離開這兒的時候，我曾說，坎坷的路，再走回頭，也是終生難忘呀！怎麼就如此湊巧，被我言中了！」

於是，我明白，我們凡夫的一生必歷得數劫，待一一克服恐懼的本能，挑起精進的鬥志後，將會大喜歸來。

我的露水因緣

自從十九歲單戀那位男同事之後，直到二十六歲爲止，我仍然沒能攻下愛情的灘頭堡。我讓一顆易感而多情的心，攀緣在藝專的校車上和校園內。

帶著愛情的箭，我積極的參加大專夏令營、冬令營，在一些山澗水湄處，不知至今是否仍留有我那不識愁滋味的足跡？而數度流連於浪漫的帳篷邊，聆賞吉他聲、西洋古典音樂，吃零嘴、跳舞，和癡看滿天星斗，竟成了我大學時代的課外鍾愛。

記得五年多前，在一個艷陽日，曾和漫畫家C君暢談到「星星」的故事。他說，澎湖的星空特別低，而且數密如沙，若隨時想摘星，幾乎伸手可得。他在站崗時，往往難耐漫漫長夜，於是，那段孤寂的軍旅生涯，星星成了他最忠實的知己……。而我，一名歷經人事滄桑的紅塵女子，也從小就愛把心事交與星星。而每當滿天繁星逐漸逝去，大地朦朧，朝露滴滴顫抖於黎明風起時，常使我憶起那段縹緲的愛情歲月，不正恰似大地露珠，聚散無常嗎？

整整十二年，我沉浮於以幻爲真的愛情海裡，而未曾上岸休憩過，多次的觸礁，險些使我滅頂，於是我開始懷疑，披上嫁裳或許是我一生中的一則神話了。是自己太無情？不，是幾位男子把我磨出了「愛情免疫症」吧。

人類最古老的危險遊戲，真的是愛與性嗎？

● 與C君的戲情

記得第一個男朋友C君，是我甫踏出大專校門的第二年，與之合作出版業的工作夥伴。他A型，在堅毅的外表下，藏有一顆敏感的心。猶記得他偶自中壢打電話來台北給我時，那聲音總是充滿感情的，囁嚅不安的，怕的是我的拒絕，但是我讚賞他那來自軍校剛正不阿的氣質，也欽佩他雖身爲養子，卻百般孝順的德行，所以，假日相偕出遊成了我和他每日共同的期待。數不清有多少的周末，國父紀念館滿天飛揚的紙鳶，似乎在讚嘆著我們的兒女情長；榮星花園的圓石路上，留有夕陽過後我們交疊的足印；而中壢那次群英會之行，我被他的結拜金蘭們簇擁著走到他父親的跟前被「相親」……，這些往事幾乎像萬花筒裡的乾坤，隨手拈來，構圖就在當下。但是，有一次，我們意見相左，在計程車上，我任性地賭氣下了車，把他留給司機，沒想到他當天竟也忘了帶皮夾，於是那個事件成了我和他分手的導火線。也由於我們個性上極大的差異，只好因隔年公司的拆夥而隨著感情也拆夥了，聽說，不久後，他娶了他公司的會計小姐。

C君恰如冬陽下的石階，堅強而樸實，是我愛情長跑線上出現的第一號選手，我們的因緣只有十四個月。在往後的日子裡，他們夫妻因爲公司經營不善，而雙雙遠離台北。知道遠方的他生活過得不盡如意後，使我當時百感交集，若當年新娘是我，不知自己的歷史是否就得一切重寫了？

事隔十年，他的一位摯友透露一個秘聞給我，原來，C君當初之所以會追求我，是因爲他們之間在玩一項追逐遊戲——由這位朋友追求當時我們的會計小姐，再由C君挑定我爲他試情的對象。沒想到我的「第一次」竟是如此戲劇性。初聞此耗，悲不自勝，但三年餘後的今天，我只能雲淡風輕地置之一笑，任它綠波長漾水常東吧！

●與B君的悲情

離開C君後年餘，我結識了B君。他是當時我所熱心參與的社團知名成員之一。由於寫作上的相同興趣，使我們結了情緣。記得在他向我低訴前妻已琵琶別抱，棄他父子遠赴異邦時，我的心幾爲之淌血……。但我知道，補償得了的是他那段感情虛空的傷慟日子，補償不了的是他底恆疼的心疾。明知他一向愛恨持久不忘，我不能當一隻柔順的羔羊，隨時陪伴在他「失愛」而不安的陰影下，明知他外柔內剛的個性正與我相反，我仍是朝夕刻意「爲悅己者容」。

每當那部金色的進口大車停在我公司門前，加上三聲喇叭的暗號時，職員們之間總是會互送幾抹會心的微笑……。我成爲這位婚姻失敗者的紅粉知己，也不過一年餘的光景，後來，我把他所贈的飾物打包，掛號寄還。四年多前，他曾經於電話中告訴我，他的第二春仍是鳥不語、花不香，那時，我只能勸他把握當下，珍惜情緣，而我已是一葉喚不回的浮萍了，請他忘了我也放了我，勿再製造「婚外情」。

回想一九八四年春，在我赴東南亞旅行，臨上飛機前，忽然自耳畔傳來同行者提及他當天正舉行結婚典禮的消息，我心中已了無怨氣，只想默默地祝福這位一心嚮往婚姻的勇士永遠快樂，忘掉失意的過往。

B君的新娘恰與前述C君相仿，也是他公司的女職員。我不知道爲何女性老闆覓夫婿難如摘星，直到我聽到了上證下嚴法師曾如此勸他的弟子們：「把自己變得傻些、柔順些，假久自會成真了！」時，我才明白爲何「新娘總不是我」的答案所在。

離開B君的那一天，正是四月五日，於是我那曾經心繫一方的愛情，隨著這個莊嚴的日子一起埋葬掉了。但是，我這個情場上的游擊手，只等待了一個多月，另一位西方的「白」馬王子卻適時的拯救了我那搖搖欲墜的自尊……。

●與克里斯朵夫的一見鍾情

自我懂得玩起昂貴的消費品後，我就一直是個舶來品的高紀錄使用者，但是，在一九八三年春，我竟擁有了一個重達六十三公斤的大舶來品，他就是「克里斯朵夫」——一位比我小四歲的英荷混血兒。

認識克里斯是在一個「蛇螺賽」的會場上。紐西蘭基督城的天候仍是初冬料峭，我與來自台北青商會的隊友們正在苦練如何打一手好蛇螺，以免丟了大中華兒女的面子。正當打得滿地蛇螺花處處開時，我發覺背後老是有人在盯梢，不管我站在什麼方位。

有一次，我試著背轉身去面對「他」，才猛然察覺對方原來是個瘦高、英俊的年輕人，他的墨鏡在烈陽下泛著神秘的藍光，唇邊一抹戲謔而天真的笑，牽引出兩頰淺淺的酒窩兒……。

知道是個金髮、藍眼的老外後，心中不免狂喜一陣，並暗忖著：難道出版了數百冊膾炙人口的「羅曼史」後，自己也加入了這種超越時空的「國際戀情」隊伍不成？果然，答案就在他開始對我欠身說哈囉時揭曉了。

克里斯是個熱情而寬宏大量的標準「水瓶座」。自從與他邂逅的次日清晨，他向我要了名片後，就緊隨在我左右，唯恐在數千名出席亞洲大會的會友中跟「散」了。

第五天，克里斯更自他所屬的墨爾本分會脫隊，臨時插花於台北分會的旅遊行列裡，開始做我個人的紐澳嚮導，一路上扮演著護花使者的角色。難怪第四天，我們大夥兒正在紐西蘭某飯店登記下榻時，他居然會吹著口哨，自二樓的梯階翩然而降，來到我身旁，輕聲地對我說：「嗨！我們又見面了。」那時，我四下一望，卻找不到他的任何一位隊友。原來，他追求的動力不比一架飛機的螺旋槳弱，他臨時換機來與我會合，此事是由我方導遊口中獲悉的，他說克里斯再三徵求他的同意，想依行程表，伴我同行。

於是我們披著毛毯去海邊看企鵝排隊回洞居，去牧場看綿羊明星各種可愛的表演，去夜總會跳通宵的狄克斯舞……。那年，恰好我三十歲。我不知道這遲來的春天到底會帶給我什麼樣的命運交響曲，只知道把握當下、珍惜緣起。

三十歲生日那天，他送了一大束艷紅如火的玫瑰，且爲我開了一瓶香檳，望向杯光交織成的一片銀河，感激的淚兒不禁沾濕了我紅色小禮服的前襟……。那晚，同行的女伴們在獲得他每人也各贈一朵的玫瑰後，大夥兒把我和克里斯嘲弄得幾乎體無完膚。之後，他帶我去一家夜總會狂歡，也就是那晚，我才獲知英國女皇伊莉莎白的生日恰好與我同一天，當我突然被克里斯擎在空中，而如雷的掌聲頓起之際。在我生日的前幾天，每日清晨，我的門口總會傳出這位情人斯文的叩門聲，接著是一朵香氣襲人的玫瑰和輕柔的擁吻，展開了我們異國情侶的一日之序。

兩周後，就在臨行分手的前一夜，他張著無限期待的眼神，向我求婚。我沒有答應，怕的是一見鍾情的愛不能持久。我只想「保鮮」，給平淡的生活添加一些色彩罷了。回到台北後，每周一封的長信耗了我不少的時間去閱讀和猜測他那歪斜的蝌蚪文。後來，他爲我買了一部打字機，專門給我「打信」用。將近半年的時間，他的禮物漫天飛灑而來，大到鑽石項鍊，小到他爲我親自去麥田摘採來的麥穗，處處訴說著他那番等待的心情……。那段日子，拆他的信和相思卡簡直比拆客户的訂單來得令我快樂。

同年十月底，克里斯真的出現在台北街頭，如約而來。母親知道他愛吃豆腐干，就刻意炒了幾道可口的中國菜來款待這位來自澳洲的「半準女婿」。短短十幾日的相聚後，我們又面臨了分手的場面。在新公園的荷池邊，他拉起我的手，緊靠在他的胸前，一直逼問著我，是否願意當他的東方新娘？對著滿塘的荷葉，我仍是讓「沉默」代替了我的回答。但是，當時我許下承諾，次年二月他生日時，我一定會飛往墨爾本，與他相聚兩周。

於是，我果然如約「出塞」，去重溫與克里斯之間那份濃得化不開的中澳戀情。我們輪流開車去名聞遐邇的黃金海岸曬太陽，把腳下世界暫時丟給浪花來去……，我們乘小火車去享受美麗而清新的森林浴；我們去偌大的動物園看珍禽異獸；我們去一望無際的國家公園看花海；我們也曾興奮地去賭賽馬；我們更去一一參訪了他的老師、親朋好友，甚而也去探望了他那位與我同名的前密友茱蒂母子……。

克里斯的舅舅那幽默而爽朗的愛爾蘭個性，至今仍使我印象深刻，而他母親特地逛畫廊，買了十幅畫和其他所費不貲的禮物送給她心目中未來的準媳婦——我，在在令人感恩滿懷。當然，行李箱內更裝了克里斯豐盛的愛與祝福，而三分之一的空間更鋪填了他的贈禮。

之後，我們終於在信件和越洋電話中談論婚嫁了。但是，我所開口的台灣人傳統式二十萬聘金卻把他嚇跑了。雖然我曾難過地向他再三強調並保證，那只不過是應景的儀式罷了，事後當歸還男方。這檔子新鮮事可能是他一輩子也不曾碰過的，於是，我在連二十萬也不值得使他冒個險的狼狽情勢下，只好又乖乖地到公司，認真的主持社務，同時自動刪除了台北ELS英語班的進階學業，正如他亦同時在墨爾本取消了中文課的惡補計劃，一切都如露亦如電，於是這位「白」馬王子就如此拂袖，絕塵而去……。我好不容易點了頭應允的婚姻竟真如春夢了無痕。幾番波折後，母親總算吐了一口氣，她對我說：「我以後就不用爲妳擔心妳若吵架沒本錢（指語言障礙）和到千里之外的澳洲爲妳坐月子了！」母親疼惜我的心，我全能領會，只不過，她永遠不會知道她的大女兒一次次的承受著「愛別離」的苦。她嫁到複雜的林家當繼室已經夠苦了，我又何忍再去傷她的心呢？

匆匆結束這段既浪漫又傷感的露水情緣後，我又遇到了A君，那是在一九八四年夏。

●與A君的浮情

在嫁不成洋人婦後，我把心一橫，賭定了一個心情局面——不再輕易踩入情關。就當作一切譬如昨日死吧。但是只不過一個月的時間不到，A君在EL

S校門口把我攔住了，他那與眾不同的作風與溫雅的聲音使人百拒不得。在兩天裡查知了我公司的電話後，A君於聽筒那端用近乎哀求的語調請我務必赴約，賞一次光。於是，在拗不過對方的情勢下，只好再負傷上陣，去好好見這位所謂經常着長袍馬褂在當時就讀的大學校園中吟風弄月的學生型情人。於是，一束紅玫瑰外加一封真情流露的簡箋，就把我鎖定了六年多。

A君是O型人物，話少時沉默得嚇人，但據理力爭時卻可變得六親不認。他是我一向最怕的處女座，可以同時連撥六、七通公用電話與你論辯，直到你俯首稱臣爲止。他從不過問我的交友情形，正如我也一向尊重他的行動自由。因爲彼此沒有佔有的欲望，所以就了無牽掛了。

但我心裡明白，他只是一個「食之無味、棄之可惜」的角色，永遠是我愛情長跑線上，伴我長跑的備用選手罷了。逢失意時，他總是會在我身旁，默默聽我訴苦，而逢我快樂時，我總是忘了與他分享。

A君就是這麼一個缺乏情趣、平實而單純的大男孩，我們雙方能維持如此「呼之即來、揮之即去」的君子之交，也着實令我這個經常求快速變化的雙子座震驚不已。雖然我不曾遇見比他更没感覺的男子，但有一件事卻使我至今佩服，那就是——他曾用股票賺來的錢捐了一萬元美金給天安門事件的受害群。

●與Y君的迷情

在與A君交往的同時，我生命中最嚮往的一位翩翩公子出現了。他就是Y君。一個典型的牡羊座。有人說，與牡羊座的男士交往，有如身荷重物走在空中鋼索上，一旦安全的到達，妳就是一位幸運的女人，擁有了他，否則就只有翻身離索或粉身碎骨的際遇了……。真的如此嗎？

一九八九年秋，我們以相同的理念而合作一種全省巡迴演講課程活動的合夥事業。Y君甚而辭去原有的工作，和我全力以赴，所以難免經常相處在一塊兒，記得除了早餐各自解決外，餘兩餐幾乎天天同進同出。

Y君以他特有的大男人主義，外加反應靈敏、細膩和體貼，征服了我這個女人中的男人。雖然，他曾在一次燭光晚餐中，坦白地告訴我，他已有一位當空姐的女友，但我卻不曾見到她，也不曾接過他們雙方彼此尋找的任何電話。那晚，Y君爲了怕我會難過得出了事，於深夜裡搭計程車，強行送我回到東湖，再立即折回他的寓所。

回到屋裡，望著手中他所贈的小紅盒，無明的悲怨之氣紛沓而至，因爲它居然是「空」的！Y君是否要我對他的執着放空呢？那麼，數不清次數的甜蜜 Morning Call 和假日共遊、共舞，陪他去挑選未來的新居，這些又算是什麼意義呢？對我而言，Y君自始至終是一團謎樣的人物。

一九九〇年春，我們那追逐名聞利養的計劃失敗了，在宣佈合夥事業告一段落的同時，我也決定走出那座沒有安全感的象牙塔。雖然耳畔仍會響起拆夥時，他那辯才無礙的刻薄話語，和有一天他憤怒地拍擊我那架心愛的波音鋼琴琴蓋所響起的大震盪聲，我仍是含著淚，在他生日的前兩天，寄出了一張玫瑰賀卡，而在他生日的當天中午，請他淡淡地品嚐一客安靜的生日午餐。臨別前，在我的車上，我因感傷逝情而淚流不盡，於是他默默地拉起我放在他肩上的右手，溫暖地牢牢握在他的大手中，傾聽我的童年和所有心情故事，一個小時過後，我突然看到他的雙眼竟也難得的含著淚……。

像極了電影中的一對亂世兒女，我們在遍地烽火餘燼的戰場上結束了一段不能永續下去的因緣……。

皈依後，篤定的信仰使我迷途知返，使我明白因緣的生滅無常現象，更使我能輕鬆灑脫地看待天下男子了。雖然所有的夢裡煙花總是空，但我仍是要合掌感恩這幾位生命過客，沒有他們的出現，或許我不會珍惜逆境所帶給我的教誨，而且，我也曾因「愛」而活得燦爛過。

這一切露水因緣如是生、如是滅，於我，真的夠了。

透網金鱗

禪宗語錄裡有一則故事是這樣的——

奉先深禪師與明和尚一起去行腳，兩人走到淮河邊，看到漁夫正在那兒網鯉魚。但鯉魚的力量非常大，雖被漁夫網住了，但又從魚網裡跳了出來。葉嘉瑩教授在被姚白芳居士訪問時，曾如此說道：「假如你從來沒有被網住過，一旦你碰到漁網，你是否能掙跳出來？這是很成問題的。所以，一定要被網住過，而又能跳出魚網的束縛，這才能證明真的已達到解脱的境界。」（見第十三期「龍樹」月刊）

地藏菩薩本願經閻浮眾生業感品第四中有云：「爾時，佛告地藏菩薩，一切眾生未解脱者，性識無定，惡習結業，善習結果。爲善爲惡，逐境而生。輪轉五道，暫無休息，動經塵劫，迷惑障難。如魚游網，將是長流，脱入暫出，又復遭網。以是等輩，吾當憂念。」

慈濟功德會在證嚴上人領導之下，已救出成千上萬隻的「金鱗」自魚網中解脫。他們以前曾被無明、執着之網套牢過，有的不得翻身，有的掙扎得遍體鱗傷，有的才剛進網，一旦一朝覺有情，則任憑風有多強、浪有多高、漁夫有多壯，終將無畏於一切阻難，勇猛向前精進，游出他們的真如本性，游出他們的智慧與自在……。

如果，我是前述淮河中的一顆有情石，那麼，請容我以讚嘆的心來細述有關這群金鱗掙脫魚網的前後因緣。如是我聞——

已成就十五名榮董，目前躍登慈濟功德會榮譽董事排行榜首的呂家，有位小妹子，她來自澳大利亞，這位據她兄長呂芳川（慈濟的慈誠隊員、榮董）所描述的，與之個性截然不同的二妹，既俏皮又能幹，有時實在拿她無可奈何……。

呂秀英挾一代富商之餘蔭，於十年前自行設立一家批發公司，由於驕縱、好強的個性，曾經，若有客户不肯成全其生意，她會出言恐嚇對方，甚至以死要挾，於是，連戰皆捷，其氣勢恍若明朝之秦良玉也！但如今，一拿起麥克風當眾懺過，她卻面有愧色的表示：「現在不敢了！」

呂秀英自稱，自從加入慈濟，給了她一個花錢的最好理由，此因緣，如今想來，心中着實快樂莫明。許或是大捨大得吧！最近，她居然曾在四天之內，不費吹灰之力就賣掉了三千餘件毛衣，而相對的，她那擁有一百多位員工的上游廠商，卻因財務壓力，差點走上自殺一途，後因被她獲悉實情，乃效法觀世音菩薩聞聲救苦的精神，慨捨一半該筆營收給她，自此與那位女老闆結下善緣，後者並坦承該批毛衣並非上品，心生愧疚之餘，答應以後會全力搭配業務，並控制品質。這種無畏施行爲，正是證嚴法師每每耳提面命的──「無緣大慈、同體大悲」的具體實踐。

她有一個體貼而樸實的伴侶。他曾對一度想去雪梨去除雀斑的太太說：「妳的心很美。我根本看不到妳臉上的雀斑呀！」原來，能欣賞缺角的碗，不只在花蓮有個證嚴法師，在澳洲，也有個呂秀英的丈夫……。

呂秀英的夫婿原本是個收入穩定的公務員，對太多的錢財甚覺無趣，所以眼看太太日進斗金，事業愈做愈大，就屢勸她緩下腳步，把對家庭的愛重新找回來。他對這位野心勃勃又能幹的太太說：「假若妳每個月有一百萬或一千萬的收入，每個月頂多也只需要十萬元的享受罷了，那麼，賺那麼多的錢又有何意義呢？」

呂秀英回想起自己過去的種種不良習氣，她那貫有的風趣使唇邊的笑意更深濃了，這是她在起懺中常自我陶侃的原因。她說，公司的員工非常多，但根本不懂得帶心，只會訂定一大堆僵化的條文來鉗制他們！所以，她了解自己這個老闆身份是很不得人緣的，之後，接觸證嚴法師，法師以「妳訂了那麼多的規章，只少了一條，就是：用心去對待員工。」這句簡單而充滿睿智、慈悲的法語扭轉了她十餘年來的經營理念，從此捨集權與專制而就柔軟、關懷導向，重新面對員工。

現在，她在公司推行說話尾音加「ㄋㄟ」的撒嬌口氣運動。沒想到附加價值之大使她雀躍到幾乎要昏眩的地步——她公司的營業額更大，員工的上班情緒更高昂而快活，而她也因常身體力行此「妙法」，與部屬彼此相「ㄋㄟ」以沫的結果，果然「假久成真」了！這是她內心最大的收穫！另外，部份員工眼見老闆居然不可思議的改變過往傲慢的態度，紛紛起而仿效她布施喜捨的精神，慨擲一萬五，認捐慈濟醫院病床者大有人在。真是「以柔易剛，萬夫莫敵」啊！

每個月再怎麼忙，呂秀英都會抽暇，別夫離子，專程飛返國內，爲的是她所日夜懸念的「慈濟」這個大家庭。她說並不是回來照顧台灣的生意，而是忙著「慈濟」的志業，但不可思議的是，愈擱著業務不聞不問，業績卻如井水，愈汲愈源源不絕，可能是佛菩薩加被她吧！呂秀英秉持「一心一意，念念慈濟」的勇猛作風，擁護慈濟功德會的四大志業，誠爲證嚴法師「精進護法隊」隊伍之楷模也！

對於自己家庭成員的態度，呂秀英一向坦承不諱。她說不但要好好掀自己的底牌，也要漏漏丈夫的氣。由於在台灣時即與公婆相處冷漠，再加上現在夫妻倆已移民澳洲，因此呂秀英率性的以爲自己可以減少一個親情的包袱了。但有一次聽到證嚴法師對「孝養父母」的開示，卻有如醍醐灌頂般，她萬分愧對於先前曾對住在台北家中的婆婆因中風服某種中藥而常滿處掉髮，使她極度不滿，造下口業的事。於是她急忙準備兩張機票，請公婆即刻赴澳，與他們闔家團圓，共享天倫。而公婆間久已淡漠的感情也因這位孝媳的苦心安排，而重拾舊歡。她公公甚至會主動地與呂秀英爭取善待婆婆的機會。這下子，據呂秀英開心的形容，她婆婆就好比「烏鴉變鳳凰」般，不可同日而語了。

至於談到她的賢外助，她亦十分愧疚自己當初對他外表的挑剔及腦筋遲鈍，比不上她這「天生生意兒」會賺錢，又沒啥長才，不料，呂秀英一把「慈濟事，我家事」變成家庭生活的重頭戲時，她才猛然驚覺到，這位一向憨厚，一直隱忍著她習氣的「老好先生」居然能在「一個奶爸三個娃」下，再一手包辦，編寫出有模有樣的慈濟通訊刊物來！也曾為了說服一位遠方朋友加入慈濟行列，而開了兩個小時的車子！

回想起夫婿的種種體貼入微處，呂秀英無限感慨地說：「有時，他會在車內耐心地等我在同學家暢談後，才又開車專程載我回家，往往一等就是三個鐘頭……。」

有一回，她先生實在難捱痣瘡的折騰，躺在床上頻頻呻吟，而粗枝大葉的她卻無動於衷，甚至萬分不耐的埋怨先生吵得她無法入眠。後來，一絲善念卻立即襲上心頭，翻過身去，她站在夫婿床前，認真地搬出在慈院面對陌生病患的絕活，手足舞蹈的唱著，整整表演了約莫三十分鐘，她先生快活、感動得差些成仙了，當然也忘了身懷隱疾的痛苦了。隔日，不可思議的事情發生了！她夫婿的那塊海底疤居然被呂秀英的數曲「桃花舞春風」給舞落了！

另外，呂英秀以前待她三個孩子猶如女暴君，且嚴厲地要求他們樣樣非拿榜首不可，但後來，她心念一轉，以「無為而治」善待親骨肉，頓時解除了雙方壓力，並為自己省了不少時間來做社會慈善，這是她從未奢望過的完滿結果啊！而如今，孩子們的功課也屢有進步啊！莫非，此番「捨得」亦是一種解脫、自在的境界吧！因此，呂秀英的夫婿嘗對孩子們解嘲道：「我們終於『出人頭地』了！」可見「兩種態度，兩樣人生」之一斑。

而最令人感動的是，這位一向以風趣自居的瀟灑女子，竟能說出一句無比嚴肅的自省話，像春風輕拂湖面，引起朵朵漣漪，令人內心迴盪不已。她說：

「去訪照顧戶（貧戶），其實我才是慈濟的照顧戶，慈濟在照顧我這顆愈來愈膨脹的心。」

能有這股大徹大悟的勇氣，誠屬難能可貴！她常說：「以前賺錢，常因無聊而有倦怠感，且沒有目標，經常覺得茫茫然，成天只會作賤親人而已！現在，我知道什麼生活才是不會交白卷的人生。」

呂秀英，這朵精力旺盛，很少闔過眼的向日葵，現在已是慈濟蓮池中一朵清淨不染的「睡蓮」了，有時，身心安頓一下總是好的，因爲有無數的明天等著她去結善緣……。

二一、還我素面渡衆生

——海若信箱

前言

最近幾個月，經常有熟、半生不熟，甚而素昧平生的朋友們來信或來電傾訴其心有千千結的困境，筆者乃基於——

⑴十餘年的人類個性研究心得；

⑵近十年以來，傾聽數十場心理講座及錄音帶之體會；

⑶近三年來參與數次昂貴的心理實驗工作坊；

⑷一年半載以來學佛所悟（感激虛雲老和尚、廣欽老和尚、弘一大師、密勒日巴大師、淨空法師、聖嚴法師、傳顗法師、宏印法師、我的皈依師妙蓮長老、道明上人、證嚴上人及曉雲導師等高僧及南懷瑾、李雲鵬、陳慧劍、游祥洲、樂崇輝、黃墩岩、吳振華等居士賜予我繽紛法雨）

以上四種體驗加上對哲學、邏輯學私下研讀的興趣，乃不揣才疏，自薦於「慈雲月刊」，祈能好好掌握信箱之鎖，開啟每一扇煩惱之門。

佛陀爲我開示的心理藥帖，經一一印證於個人幾番大成大敗的生活實相之中，才豁然開始了初探人性煩惱本源的奧秘，結果筆者以自己爲第一位人生劇場實驗目標，自我療傷近兩年，總算能「明明白白」地處世，使人際關係改善很多，且因爲應酬頓減，也不必再常跑急診室了，人跟著變柔美了(朋友們咸有所感。因以前瞋心重，臉常現凶相)……。學佛，真不可思議。

每每念經誦至「眾生無邊誓願度，煩惱無盡誓願斷，法門無量誓願學，佛道無上誓願成」時，常悲思良久，每個人都有義務奮力使出千手千眼，度脱沉溺眾生於煩惱河中，而我也不能例外。

這個信箱是專爲這娑婆世界眾生拔苦予樂用的。歡迎多多來信「訴苦」，讓筆者和您都有功課可做。(高雄市愛國路六十一巷十九弄十一號)

海若——一九五三年生。新竹人。B型。雙子座。國立藝專畢。「慈濟功德會」幕後委員。文章曾被收錄於「報告總統」、「城市熱線」二書及散見於「台灣日報」、「自立晚報」、「明道文藝月刊」、「大同雜誌月刊」、「中國婦女周刊」、「現代佛教月刊」、「慈雲月刊」、「光明之友月刊」、「慕款蓮訊」等刊物中。單身（但能洞悉婚姻真諦及危機）。曾於十一年半前一夜致富，旋又於三年前因染著三毒太深而陷入事業、愛情、健康三大丕變之中。今又蒙佛恩，一朝覺有情，累世誓拔苦。

問

我是相信神佛的，但或許我不是很有佛緣的人，所以才會如此割捨不下人世間的總總凡事，雖說妳一再來信勸解，甚至不惜耗資寄書予我，但我還是無法被感化，依舊有許多煩惱。不過，我也很懷疑，自從妳信教後果然全無煩惱了？果真能看淡一切？而妳信佛信得這麼誠，可曾感應過神的存在？真正的與妳同在嗎？妳能告訴祂妳的一切煩惱？而祂也會答覆妳所有的問題嗎？

紐約／樂小姐

答

若能割捨掉人世間的凡情萬物，只有那些真能以戒爲師的出家師父們才能辦到的事。當然，有些在家的居士也有可能達到此番境界，但這都與是否與佛有緣無關，而在於是否有份真誠的心與信念去學習釋迦牟尼佛的種種德行與智慧。因佛已涅槃（指已離世間）二千多年了，所以就由他的弟子們恭錄下他當時所講的一切經典與說法內容，再流傳迄今。所以，他之所以成爲佛教徒心目中的四生慈父、三界導師及人天教主，是定有其完美人格感召的。我先前所贈予妳的佛書是一般性的，建議妳可先看看一些高僧傳。當然，釋迦牟尼佛傳和觀世音菩薩傳等書也很值得捧讀再三。如此，較易被「人物」所感化，由這些故事的了解，再進一步探研佛理，可能對妳較合適。

我自從學佛後，煩惱不會全無，不過，少了倒是事實。我會趁煩惱發生之際，去當下承擔此事，再加以分析、消化，甚而轉化、昇華成對自己及他人有所幫助的「能量」。譬如，我因覺知了該煩惱的因由，而去勸他人化解此因，免遭苦果。我目前對大部份的物質都看得淡了，因曾經擁有過別的女性可能一輩子都無法接觸到的奢華，我已很內疚於當時的不知「惜福」和「布施」，因而要我放下物欲，我是可以說放就放的。

我並不曾感應過什麼神的存在。在佛教的範圍內，我們以釋尊的教法，依教奉行，並以信、願、行去與生活結合在一起，以實踐世間法，造福人群。「神」一詞是其他「人神有別」的權威性宗教對其至尊的稱呼。在佛教裡，我們仰慕並期望自己能成爲佛或菩薩，是只有「眾生平等」的觀念的。只要願行菩薩道，則妳自己就可當一位聞音救苦、利益眾生的菩薩了。這是佛教之所以異於其他權威性宗教最大的不同點之一。我們要對自己充滿信心與熱情，而從擁有「最究竟解脱義」的佛法中，妳絕對可以得到解脱的！所有的答案，只要妳有興趣及耐心，全部涵蓋在內。歡迎妳早日學佛並成佛。

海若　合十

問

我已學佛，學佛的心境要寬，要忍受一切，但是，是否包括忍受「外遇」的滋味？我想大概我過於執着，放不下，因爲我愛自己的孩子，二十多年來，他只有短短的兩年給我真正完全的愛，其餘的都被騙了。我想大概上一世做的不好，這一世才會如此，而且這情形不管是在電視上或書本上，或現實生活裡也很多，爲什麼？這是因果嗎？請妳引導我，如何走比較平坦？我表面上看來很樂觀，是我常看書，聽錄音帶，由這些地方看能否多改變我一些，雖然外表改些，可是內心積壓太多的，也要改才對！我也時常安慰自己、鼓勵自己，堅強的面對一切，有時候，孩子偶而頂嘴，我鼻子一酸，淚水也流了出來。然後心境一轉念頭，自己就趕快看書，來緩衝一下。有時，周邊的朋友有家庭上的問題和我研究時，我都會很理智的告訴她們最好的方法，而我怎不能給自己好好的過著日子呢？爲什麼？……

汐止／果霖居士

答

妳既已學佛，當然必得修持大乘的六度波羅蜜，其中的「忍辱波羅蜜」即是請妳要「寬心」去善解世間不盡如己意的諸多煩惱，所以這娑婆世界才叫做「堪忍」世界啊！妳若一直認爲自己處於一輩子受騙的境地，則就是生處人間地獄了，這悲傷的自卑心態終會影響孩子以後成長的正面人格成負面人生觀，所以，爲了妳所心愛的骨肉，妳必得真正快活起來才是！但方法不是用石頭硬去壓草，那是無用的，真正的妙法是，去愛妳丈夫所愛的那名女子，此乃愛的佈施波羅蜜另一要義，因爲對方給妳先生快樂、滿意，或許我要不客氣地臆測妳的習氣了，妳是否曾檢討過，不曾或很少柔言善順地對待過他？所有男子都希望接近、擁有一個女人味十足、體貼而善解人意的女性爲伴侶的，所以，有些女人婚姻亮了紅燈，並非完全可以把罪過加諸於丈夫身上的，大概都是雙手親自把他推出「冷」門的，不是嗎？

慈濟功德會有位委員，在她聽了證嚴法師的開示（普天之下没有我所不愛的人，去愛妳先生所愛的人吧！）後立即改變以往的心情，趁先生出國洽公時，爲對方所生的五歲小孩偷偷地買東西，俟先生回國後，她雙手遞上禮物，請他轉贈那個小孩，她先生非常靦腆，且更加敬愛這個他曾負心過的伴侶，之後，她更是逛街購物時，總是不忘也多買一份禮物回來交予丈夫轉贈「對方」，使這位做先生的，於一次無意中，竟帶回來一份房子的所有權狀，大方的贈予這位委員，並當面告訴她：我也有送一間房子給她（金屋），想想，不送妳實在說不過去！這位原本傷心的太太經此「善解」，挽救了多方人物——丈夫、外遇女子，和對方那名五歲小孩，以及她這邊的小孩們，甚而包括了雙方父母的心念。

什麼煩惱，用壓抑的仍是不能解決問題，要化解，要轉個善念去實踐出來，如此，反而是妳選擇了天堂的人生，一切唯心造呀！請愛自己吧！外遇當然是因果使然，今生今世的因，前已細述，至於累劫以來的宿世因，我只能勸妳，緣有深淺，若妳能想想，對方外遇的那名女子，前世或許曾與妳丈夫緣訂三生，那麼，反而是妳先提早在前與先生成婚，之後，他們又有緣地相聚了，三者的親密關係又怎麼說呢？只是依世俗的婚姻倫理禮法，外遇當然背俗的！所以，若妳自渡成功了，也請妳渡渡她，好嗎？因爲對方犯了「淫戒」，請她多唸佛，可消業障或減低慾望。但妳的用心必是至誠的要對方幸福才可以如此做（第二階段），請妳以感恩的心來接納她吧！因爲她使妳所愛的人快樂，她替妳行妻職十八載了。

千萬勿否認妳已不再愛妳先生了，因爲心中若有積怨難消，表示愛苗尚未枯竭，希望無窮。之後，但願妳多多接近大善知識，可以引導妳走上菩薩道，化小愛爲對眾生有利樂的長情大愛，如此爲眾生付出大愛，時刻競爭做好事，也就會無暇顧及妳自己原本心中那些不快樂的事（如做個快樂的義工，和我一樣）。一個人打算怎麼活，都由他自性的如來佛性來決定，請多用心思維！祝妳早日脫離三界火宅。

海若　合十

問

恭喜您已獲「新生命」，但本人還在痛苦中，所以要給您功課做，您的慈悲心，上天會賞賜更多的恩惠予您。

我三十五年次，竹東人，A型，天秤座。外子於五年前病逝，後我靠著國家的微薄撫卹金及一小型雜貨店，獨力撫育三個幼兒，但自從有了軍公教福利站後，生意急轉直下，只好靠借錢過生活，後又當過學校工友之職，進而學習穴道物理按摩法，但仍因前欠貸款利上滾利，常使我心中壓力更大，加上大兒子已大學畢業且就業了，但他不肯協助我償債，只有大女兒肯協助我，而小兒子又在唸研究所。

本人吃了很多苦，在心理、生理、精神及經濟的各種壓力下差點倒下來，所幸於十七年前信仰了天主教至今，本人也和您相似，因爲有「信仰」的力量支持，才沒有被擊倒，但我相信，上天有祂的安排。我雖還在痛苦中，但是心靈深處很喜悅。我依靠所信仰的天主，忍受了數十年來的痛苦，在此經歷中，定有祂的意義在。渴望您的來信交談或見面認識。謝謝！

新竹／陳女士

答

很高興能爲同鄉服務，阿彌陀佛。

所謂「娑婆」世界，即指「堪忍」，遇到大波折，忍不過者，輕生了，忍得過者，委曲渡日，而能運用佛法，巧妙化解忍功而成自在的覺者，方是「解脫」之真義！所以，您仍在第二階，加油，證嚴法師曾說過：「我們應該連『忍』都不必，因爲強忍的結果，會產出怨氣。」而這一情緒正是您目前過日子的實情，不是嗎？您最親密的伴侶已往生，這是「愛別離」，您的大公子不肯協助一些生活費或您的債務，這也是一種「求不得」金錢及親情的苦，這些俱是人類八大苦之一，但您千萬別再把自己苦下去了，應有「當下承擔」逆境的勇氣，轉煩惱爲菩提（覺悟）的智慧。現在，請您試著心平氣「和」地照我的拙見去變更一下您的處境吧！

①勿再讓愛老二、老三的心情明白表示給老大看，試著把對老大的骨肉愛找回來，多給他正面的關懷，日久，他會轉迷爲明而成爲您得力助手的，以怨不能止怨，只有以德報怨方爲良策；何況普天下的母親實不會真去和兒子計較的。（記得在送他的「生日卡」上寫下您對他的期許及祝福）

②您有A型的「柔順天命」之本能，但請加些B型的開朗及O型的果斷，可能對您有幫助！

③「天秤座」者一向冷熱心態起伏很烈（指內在世界），轉移不滿現實的情緒在其他事務上，如出來社會前線上做個快樂的義工，也是一種善的行爲的昇華方式。請勿再把三個小孩老是擺在秤子上秤斤兩，這是沒有結局的，也是不公平的。

④建議若有房子，可先售出還債，暫租房子無妨，將來再買回來，苦仍無房子，則請老三上班或當家教數處，則可減省您的負擔。若有良機，請也試著接觸一下佛教（看佛書或聽經），它是相當積極、入世的，不像您心目中所謂的天主教，使您直臆惻著上主可能有祂的安排或其意義，祂為何會獨對您如此「安排」命與運（氣）呢？而別人卻不會，甚或比您更慘呢？您是否曾深思此問題？其實，佛教所謂的因果與業力，是指全由自己所導出的，有的是宿世累劫以來才會在今生今世受報的，有的則是此生種因，此生受果，有的則更是此生種惡因而來生再受惡報的，全憑您修行的福德「存款」夠不夠的意思。有機會，再與您詳談妙法。面談或來信兩相宜也。

感謝您所致贈的照片。您的雙眉間寬及下巴的樣子，表示有善根、福報者，恭喜。

海若　合十

問

我小兒子已二十歲，即將服役，但他並不想去當兵。當他國小的時候，就很叛逆了，與他哥哥完全不同，真令我煩惱。國中時，更曾數度犯了偷竊罪，被關到少年感化院，而我家環境卻一直是小康的。他從有學校唸到沒學校可去。這幾年來，他又染上吸毒的惡習，和我更形同陌路，我心中十分的厭惱他。怎麼辦？

新竹/周太太

答

您小兒子的一舉一動，其實都是爲了引起父母的注意力，結果每下愈況，使整齣戲碼弄假成真了。有許多小孩會叛逆，其父母也許亦有責任該分擔的，因爲他們偏愛其他較美或較健康（全），甚而較乖、較聰敏的……等等，這點，您本人承認吧！甚而老在得意的孩子面前數落他，比較優、缺點給那個「沒人疼惜」的孩子聽，當然結局可想而知。

「怨憎會」是人類八大苦之一，您總不會認爲：兒子若果真去當了兵，就減少了眼中釘吧？那不過是浮面的現況而已，需先把您本身內在的不安、偏執化解掉，您的小孩一旦看到母親的改變，由剛強轉而柔輭，由冷硬轉而有了「肌膚」之親（如拍拍肩膀、繞著他的腰、整整他的領口）的小動作，他會由陌生，再接受，再而嚎啕大哭的，等您們互相抱頭飲泣時，請勿忘了也找您的先生及老大在身旁，大家更會珍惜這難得的親情的。

您小兒子會在這世界上據說有五十五億人口之中選上您當他的母親，不會是偶然「投錯胎」的。若尋仇來的，每每使您氣餒、愛恨交加，則需如證嚴法師教我們的——甘願受，歡喜還（做）。若為報恩（如老大）來的，則您更應合掌感謝這分順緣。以一顆易感而慈悲的心去替代您那易怒的心吧！他是您親生的骨肉，他的成功也是您的成功，不是嗎？妙方如下——

①對他的「聲色」一定要自然、柔和，不可如待冤家一樣，但不要太在意他的反應，日子久了，他當會有感覺的。

②試著用「博愛」的心去看他周圍那些您所厭惡的孩子們，他們身上也有不少優點哩！更試著對他們微笑，然後也可「公開」的邀他們到府上喝茶、聊

聊。並「感謝」他們照顧、陪伴您的小孩。

③您的小兒子是射手座的，您就會了解到他爲何如此崇尚自由、放任。他們常是獨立的，但也幽默、能幹的，在團體中很耀眼。他們外表雖堅強，實則內心脆弱、柔輭無比；他們有著肯爲朋友冒命的正義感，所以，請您務必不可「看輕」他的那群朋友，或許，有那麼一天，他能創業了，他們那些弟兄也會是好夥伴的。

每個人難免有一段叛逆期要過的，我本人也是嚴重的一個例子。但我今天卻能爲您解惑，難道您小公子就不可能嗎？射手座者智慧不差的。請常給您自己打氣、打分數（看對他善待、愛心有增不？），天底下沒有一件事是人們所不能擺平的，但憑信念與耐心而已。把兒子當成怒目相對的冤家，是您的本意嗎？若一定不是，那麼，何不放下過去的一切？重新愛他，把他當寶貝，您們將會有所大的改變的！永遠祝福您！

請別忘了常唸佛。

海若　合十

問

我今年二十三歲，雙親健在，妹妹才十三歲。而唯一的哥哥已於七十九年底車禍喪生（時值二十五歲）。由於無常，我感謝這一切促成我學佛的因緣。

我於十六歲所結識的初戀男友，曾於我高中畢業那年提議分手。這件事曾使我在精神病院住了半個月（醫生猜是「躁鬱症」）。之後，我由內向轉而主動去結交異性，且三度有了超友誼的關係。後來，在家鄉的醫院工作那段日子，有幸認識了現在的男友，他很孝順、斯文，且雙方父母都同意我們的交往。我誘使地與我做出超友誼行爲。但如今，他和我一樣學佛，我們同一日皈依，他曾説過，不再對我非禮，除非是訂婚後。他已知道我所有的過去。但如今，以前那位初戀男友又回頭找上我，我發覺自己仍在乎他，我此刻是腳踏兩條船，不知如何去拒絕那位和我已截然不同世界的初戀男友。

舍妹有陣子生死未卜，那時全省各地善心人士的捐款使她奇蹟似地活了過來（因爲家父是個退役軍人，而家母沒工作，當時的我也才剛上班沒多久）。

在舍妹住榮總醫院時，我便開始與佛有緣。看自己如今又被情所牽絆，忘了曾發願要好好修行的。

我曾有自殺及墮落去當妓女的念頭，加上淫念熾盛，不知如何杜絕才好？我曾想每日誦一部金剛經，卻沒能持之以恆。我那位初戀男友有些叛逆，不能完全接受宗教，但不知怎地，我只要一看到他，就覺得理智頓失了！且我父母討厭像他這類型的男孩。明知和他沒有明天，但該如何走出來，如何淨心呢？阿彌陀佛！

——台北／Y小姐

答

要淨心，需得「莊敬自強，處變不驚」。妳的初戀男友會回心轉意來對妳示好，表示他的愛情如浮萍，可隨意飄盪的，是種任性而不成熟的處世觀。他可以一度拋棄妳，也可再度拋棄妳的，對女性的興味若一直保持在玩世不恭的心態上，對他是會招感惡果的。

他又非三寶弟子，對五戒當然不能明白；今天，既然妳現任的男友肯接納已非完璧的妳，包容他心中至愛的一切缺點；當然，妳必須有選擇他的智慧與承擔真心去愛他的勇氣；否則，妳仍會沉淪下去，歷劫不復了。請收收心吧！年輕人的愛情觀，往往是夢裡煙花，俱是幻相。

建議多誦「普門品」，內有對治多淫慾眾生的法門，日久功深，妳自會修正過來的。多淫慾男女死後將會變成鴿子。妳也可去台北天母「慈生佛堂」聽李雲鵬居士說因論果談業力，與妳衷心所想尋求的妙法非常相契的！電話是：八七三—六六二九。另外，養成常誦「南無觀世音菩薩」聖號的生活善習，到一心不亂、一念（指妄想）不生時，妳就接近成功了，更勸妳一定要把男友以外的男性，當成兄、弟、父，才能有距離，有親切、尊嚴感，淫念就自然少了。則所謂能引發淫慾的六種因素自可消失——

①顯色（少濃妝艷抹，自然些較端莊）。

②儀態（指走路的儀態，要俱威儀相，不可輕浮，此由異性眼中看來，定有兩種截然不同的心念）。

③形色（穿着儘量寬鬆，勿強調三圍，免遭桃花劫）。
④聲音（宜大方、語柔、氣長）。
⑤人想（請常只觀想佛菩薩莊嚴的法相，勿對人體常存妄想與佔有）。
⑥妙觸（妳已三皈依了，也請另找時間去圓滿五戒吧！妳男友肯尊重妳，主動於和妳去皈依後，對妳先開口戒淫，實在人中大丈夫。其實，世事多變，連訂婚之後，結婚前也禁止，因爲這也算是「邪淫」，請注意。）另外，我的前一本著作「一悟覺千秋」中有提及修「九想觀」法，妳若常觀那九景，則性慾自然會減少的。我是過來人，請相信，我們都能改的；因爲都是凡夫，所以才要學佛。

最後，我萬分感慨於妳兄妹的境遇，而今，妳肯報眾生恩，選擇當一名護士，爲了妳曾目睹令妹曾受過社會善心人士的支助而奇蹟似地活下去，這一切，俱是在示現給正常、健康（指心理、生理俱健康）的妳看的！人生八苦，於年輕的妳身上，已示現了生、病、死、愛別離、求不得五苦，實在更應觀照自性，朝正見、正思惟、正業與正念上努力，才能充分解脫。

妳的雙親一定較常處於憂愁狀態，請他們要萬緣放下，兒子去世了，是塵緣已盡，與他們的緣已滅，勿執着於悲傷。請他們多唸佛。也請勸勸令妹常去協助他人，最好也當護士，以報眾生恩，廣結善緣。願妳能孝順雙親，最要緊的是——善待自己，珍惜慧命。阿彌陀佛。

海若　合十

問

我是天帝教徒，加入動機的緣起是爲了「打坐」。我和同奮（類似佛子以「同修」互稱）之間的人際關係不錯，且原先所任職的傳播公司負責人亦曾支持過三百萬元給本教，做護教用。但這位負責人卻於八十一年年底於我們這群同奮一起離職之後，無由没收了由我們員工所提供的各項樂器，後來，我只好找外面的工廠，用個人微薄的薪資，去拷貝當初於該公司製作的一系列宗教歌曲（共有四卷，前二卷爲天帝教樂曲，第三卷爲今天所贈妳之「如蓮天碧」觀音六字大明咒歌，第四卷爲「如來一」）中之第三卷卡帶，共計五、六千卷，且由同年年底所幸運結識的慈濟委員夫婦發心支持而成，去與十方結緣此卡帶。

沒想到先前那位老闆卻爲此事而告到法院去。他不認爲我們可以任意去拷貝我們當初所製作的任何卡帶內容。所以，目前我有這種煩惱，怎麼辦？而且看了「一悟覺千秋」後，我也很想改信佛教，請有空見個面指教一下。謝謝！

台中／孫小姐

答

妳與另外幾位年輕人肯爲對你們而言，尚仍陌生的佛教貢獻所能，編製、灌錄上述的「如蓮天碧」和「如來」，可見佛緣甚深，不日可蹴，恭喜。若逢我出差台中時，當會去邀約，共敍佛事。至於妳的老闆出面告妳不可拷貝他公司的卡帶，是基於著作權法中的規定。因爲自八十一年六月起，即有了新著作權法了，而妳爲該傳播公司的在職員工，若事先沒和老闆一一簽妥版權讓渡書，則著作權仍在你們身上，他只有出版（有聲）權而已；但依人情事理而言，你們最好的作法是——站在憤怒的對方（因爲那位老闆並不知你們會突然去拷貝那帶子）立場想一想，試問哪位老闆逢此事不會生氣的？甚而若明知他會敗訴的，也不可就此歡喜上法庭去與之結惡緣下去，快快就此放下，甚且鼓勵妳先寫信去道個歉、問個安；這是個需撇開面子，努力去突破你們雙方僵局的時刻，則一切終將和解如初。

凡夫的煩惱皆由執着、計較而起，善待他就如同善待我們這些曾經由你們發心布施佛曲的眾生吧！且以你們的樂器與他結緣，也是一種「紀念品」啊！人的器官死後都可布施，更何況那是「身外之物」呢？請多用心思惟，多去「善解」，就一切順利。祝早日入佛門。

海若　合十

問

妳的書，我已看了一小部份，內有：發紅帖子請客後，因子孫擺葷席宴客（殺生），不久妳又接到他的白帖……等語；請問：不殺生是同情小生物還是替自己種善因？蚊子、蟑螂有生命，是否也不可殺？而且要保護牠們？我是時常打死蚊蠅、蟑螂等有害於人的生靈者。

另外，我家裡亦供奉有觀世音聖像，但不十分虔誠地拜祂，我雖不茹素，但有心茹素，敬請示知妙法。

台北／顧先生

答

不殺生不但是慈悲（即同情眾生平等，不可起殺念待之），亦是替您自己種善因，因為不去與眾生結「惡」緣（尤指取其性命之大事）故，而且請注意「意念」更形重要，不要口、身兩方面勉強辦到了，但仍有殺的想法，那是更形嚴重的犯殺戒了。但以上所言，俱是針對已受過正式五戒的三寶弟子而言，於您，可持此善行後，建議您再去三皈五戒，如此，更形圓滿。蚊蠅、蟑螂、老鼠等有害之小動物，也是依著人們髒臭的環境才會一代、一代地生存下去，這是「因果律」啊！我們怎能去怪罪牠們呢？府上若能每天燃檀香，則牠們自會走避之。

您已八十大壽了，若能於晚年禮敬、供養三寶（佛、法、僧），功德無量也！目前，許多老菩薩已漸漸在每天持「阿彌陀佛」的聖號了，因爲他們想往生時，能明明白白、輕安自在地走，而不想糊裡糊塗或極端痛苦、難捨世情的走。

有心茹素是件大好事！恭喜您。首先，可從早齋和初一、十五三餐茹素開始，再斷較不喜歡吃的肉類，再斷嗜食的肉類（先勿買生肉，買二手、三手肉），最後斷中間食物（如魚丸、香腸等）及蒜、蔥等，當然，能不吃蛋最佳。詳細情形，請看本著作「離葷三部曲」乙文可作參考。

海若　合十

問

我姊姊被她所中意的一位年輕人詐了近百萬元，但她仍執迷不悟，爲對方再舉債下去，所以家父就斷絕了財務上繼續支持的路。我們家人全都很煩惱。怎麼辦？

台北／S君

答

親情是恆久的，遠比短暫的愛情來得可貴。令姊既然走在迷途上，只能用親情的愛來疏導她，不要讓她孤立無援，尤其是「精神」方面。萬一對方那位男友不是真心待她的話，那結果將不是樂觀的。

每個人都會有迷失的時候，你們最好多念佛，迴向給她，若是她前生曾欠過她的男友，今生「受」者是，逃也逃不掉的呀！所以，你們家人可以當下承擔下來，這也是共業呀！想開些，仍是海闊天空，要常常去電關懷她的近況。答應我，好嗎？她終究會回到你們身邊去的，要有耐性地等下去。而且，先不要爲他倆下結論，那位男士或許有他真正的困難或「盲點」也說不定。請大家看開一些吧！

海若　合十

問

我太太最近帶著一雙幼兒，與她所外遇的男友，於元月中旬私奔了。後來，我答應離婚，但不想給付任何贍養費給他們母子三人。雖然我每月月入六萬餘。我這樣做，對不對？

台北／C君

答

我們連陌生人都會「以德報怨」，或對陌生人都要「無緣大慈、同體大悲」了，更何況是你的親骨肉呢？希望你能平息瞋念。太太變心了，當然使你難受非常。可是這正是給你「逆增上緣」的功課做啊！其實，婚姻有了婚外情，雙方都要好好檢討一下彼此的生活態度，勿把「相敬如冰」的結局一股腦兒套到伴侶的身上。婚姻既然已觸礁，就更要覺悟人生無常，而珍惜眼前的一切。而且，你已能冷靜地承受這種「緣滅」的事實，希望回頭再想想有關小孩們的目前環境和心情吧！

上一代既有本事生了下一代，就有本事盡爲人父母的一份責任與義務，否則就不要結婚、生育了。你難道忍心孩子處處當個「伸手牌」嗎？你能保證你太太的新歡絕對會「愛屋及烏」嗎？請你聽我的勸告，若你仍愛著孩子，認爲他們是無辜的，就每個月照付五千元左右給他們當教育基金，不要擔心他們不知你爲人父的恩情，每個月用「掛號」信封寄出匯款給前妻，小孩當然有朝一日會明白是你在暗中協助他們生活費的，他們除了感恩外，也較不易走上不良青少年的歧途，希望有空時，你也能去看看他們，畢竟，婚前，你和她是自由戀愛的，他們是你們的結晶，不是你們生活中的「麻煩」或煩惱。喚醒你的「父性」尊嚴來吧！孩子永遠需要你的關愛！也請寬恕太太吧！

每個人都有他的抉擇，該來的，你雙手擋不住，該走的，任憑你雇了十部馬車也拉不回來。金剛經有云：「過去心不可得，現在心不可得，未來心不可得。」有時，我們連自己的「本心」都迷失了，又如何去替別人找回他的心呢？請務必「萬緣放下，萬怨不升」。

海若　合十

問

我之所以不敢開始固定吃早齋，是因爲怕偶而會誤吃到葷的食物。而且我有一位朋友，她已開始吃早齋了，但有時仍會無心犯錯，之後，她會向佛菩薩請求寬恕。我怕犯了她的毛病，所以乾脆就以後再吃早齋了。

彰化／某飯店服務生

答

妳的友人比妳有毅力與勇氣，她一個月若能吃上早齋二十五天，也總比妳連一天也實行不起來來得虔誠啊！不要怕偶而犯錯，只要用心去做任何一件事，一定可以成功的。希望我們下回有緣再相見時，妳會開心地對我說：「哈！我也開始吃早齋了哩！」

海若　合十

大展出版社有限公司	圖書目錄

地址：台北市北投區11204　　電話：（02）8236031
致遠一路二段12巷1號　　8236033
郵撥：0166955～1　　傳眞：（02）8272069

•法律專欄連載•電腦編號58

台大法學院 法律學系／策劃
法律服務社／編著

①別讓您的權利睡著了[1]	180元
②別讓您的權利睡著了[2]	180元

•趣味心理講座•電腦編號15

①性格測驗1	探索男與女	淺野八郎著	140元
②性格測驗2	透視人心奧秘	淺野八郎著	140元
③性格測驗3	發現陌生的自己	淺野八郎著	140元
④性格測驗4	發現你的真面目	淺野八郎著	140元
⑤性格測驗5	讓你們吃驚	淺野八郎著	140元
⑥性格測驗6	洞穿心理盲點	淺野八郎著	140元
⑦性格測驗7	探索對方心理	淺野八郎著	140元
⑧性格測驗8	由吃認識自己	淺野八郎著	140元
⑨性格測驗9	戀愛知多少	淺野八郎著	140元

•婦幼天地•電腦編號16

①八萬人減肥成果	黃靜香譯	150元
②三分鐘減肥體操	楊鴻儒譯	130元
③窈窕淑女美髮秘訣	柯素娥譯	130元
④使妳更迷人	成　玉譯	130元
⑤女性的更年期	官舒妍編譯	130元
⑥胎內育兒法	李玉瓊編譯	120元
⑦愛與學習	蕭京凌編譯	120元
⑧初次懷孕與生產	婦幼天地編譯組	180元
⑨初次育兒12個月	婦幼天地編譯組	180元
⑩斷乳食與幼兒食	婦幼天地編譯組	180元
⑪培養幼兒能力與性向	婦幼天地編譯組	180元
⑫培養幼兒創造力的玩具與遊戲	婦幼天地編譯組	180元

⑬幼兒的症狀與疾病	婦幼天地編譯組	180元
⑭腿部苗條健美法	婦幼天地編譯組	150元
⑮女性腰痛別忽視	婦幼天地編譯組	130元
⑯舒展身心體操術	李玉瓊編譯	130元
⑰三分鐘臉部體操	趙薇妮著	120元
⑱生動的笑容表情術	趙薇妮著	120元
⑲心曠神怡減肥法	川津祐介著	130元
⑳內衣使妳更美麗	陳玄茹譯	130元
㉑瑜伽美姿美容	黃靜香編著	150元

•青 春 天 地•電腦編號17

①A血型與星座	柯素娥編譯	120元
②B血型與星座	柯素娥編譯	120元
③O血型與星座	柯素娥編譯	120元
④AB血型與星座	柯素娥編譯	120元
⑤青春期性教室	呂貴嵐編譯	130元
⑥事半功倍讀書法	王毅希編譯	130元
⑦難解數學破題	宋釗宜編譯	130元
⑧速算解題技巧	宋釗宜編譯	130元
⑨小論文寫作秘訣	林顯茂編譯	120元
⑩視力恢復！超速讀術	江錦雲譯	130元
⑪中學生野外遊戲	熊谷康編著	120元
⑫恐怖極短篇	柯素娥編譯	130元
⑬恐怖夜話	小毛驢編譯	130元
⑭恐怖幽默短篇	小毛驢編譯	120元
⑮黑色幽默短篇	小毛驢編譯	120元
⑯靈異怪談	小毛驢編譯	130元
⑰錯覺遊戲	小毛驢編譯	130元
⑱整人遊戲	小毛驢編譯	120元
⑲有趣的超常識	柯素娥編譯	130元
⑳哦！原來如此	林慶旺編譯	130元
㉑趣味競賽100種	劉名揚編譯	120元
㉒數學謎題入門	宋釗宜編譯	150元
㉓數學謎題解析	宋釗宜編譯	150元
㉔透視男女心理	林慶旺編譯	120元
㉕少女情懷的自白	李桂蘭編譯	120元
㉖由兄弟姊妹看命運	李玉瓊編譯	130元
㉗趣味的科學魔術	林慶旺編譯	150元
㉘趣味的心理實驗室	李燕玲編譯	150元
㉙愛與性心理測驗	小毛驢編譯	130元

㉚刑案推理解謎	小毛驢編譯	130元
㉛偵探常識推理	小毛驢編譯	130元
㉜偵探常識解謎	小毛驢編譯	130元
㉝偵探推理遊戲	小毛驢編譯	130元
㉞趣味的超魔術	廖玉山編著	150元
㉟		

・健康天地・電腦編號18

①壓力的預防與治療	柯素娥編譯	130元
②超科學氣的魔力	柯素娥編譯	130元
③尿療法治病的神奇	中尾良一著	130元
④鐵證如山的尿療法奇蹟	廖玉山譯	120元
⑤一日斷食健康法	葉慈容編譯	120元
⑥胃部強健法	陳炳崑譯	120元
⑦癌症早期檢查法	廖松濤譯	130元
⑧老人痴呆症防止法	柯素娥編譯	130元
⑨松葉汁健康飲料	陳麗芬編譯	130元
⑩揉肚臍健康法	永井秋夫著	150元
⑪過勞死、猝死的預防	卓秀貞編譯	130元
⑫高血壓治療與飲食	藤山順豐著	150元
⑬老人看護指南	柯素娥編譯	150元
⑭美容外科淺談	楊啟宏著	150元
⑮美容外科新境界	楊啟宏著	150元

・實用心理學講座・電腦編號21

①拆穿欺騙伎倆	多湖輝著	140元
②創造好構想	多湖輝著	140元
③面對面心理術	多湖輝著	140元
④偽裝心理術	多湖輝著	140元
⑤透視人性弱點	多湖輝著	140元
⑥自我表現術	多湖輝著	150元
⑦不可思議的人性心理	多湖輝著	150元
⑧催眠術入門	多湖輝著	150元

・超現實心理講座・電腦編號22

①超意識覺醒法	詹蔚芬編譯	130元
②護摩秘法與人生	劉名揚編譯	130元
③秘法！超級仙術入門	陸　明譯	150元

④給地球人的訊息	柯素娥編著	150元
⑤密教的神通力	劉名揚編著	130元

・心 靈 雅 集・電腦編號00

①禪言佛語看人生	松濤弘道著	150元
②禪密教的奧秘	葉逯謙譯	120元
③觀音大法力	田口日勝著	120元
④觀音法力的大功德	田口日勝著	120元
⑤達摩禪106智慧	劉華亭編譯	150元
⑥有趣的佛教研究	葉逯謙編譯	120元
⑦夢的開運法	蕭京凌譯	130元
⑧禪學智慧	柯素娥編譯	130元
⑨女性佛教入門	許俐萍譯	110元
⑩佛像小百科	心靈雅集編譯組	130元
⑪佛教小百科趣談	心靈雅集編譯組	120元
⑫佛教小百科漫談	心靈雅集編譯組	150元
⑬佛教知識小百科	心靈雅集編譯組	150元
⑭佛學名言智慧	松濤弘道著	180元
⑮釋迦名言智慧	松濤弘道著	180元
⑯活人禪	平田精耕著	120元
⑰坐禪入門	柯素娥編譯	120元
⑱現代禪悟	柯素娥編譯	130元
⑲道元禪師語錄	心靈雅集編譯組	130元
⑳佛學經典指南	心靈雅集編譯組	130元
㉑何謂「生」　阿含經	心靈雅集編譯組	130元
㉒一切皆空　般若心經	心靈雅集編譯組	130元
㉓超越迷惘　法句經	心靈雅集編譯組	130元
㉔開拓宇宙觀　華嚴經	心靈雅集編譯組	130元
㉕真實之道　法華經	心靈雅集編譯組	130元
㉖自由自在　涅槃經	心靈雅集編譯組	130元
㉗沈默的教示　維摩經	心靈雅集編譯組	130元
㉘開通心眼　佛語佛戒	心靈雅集編譯組	130元
㉙揭秘寶庫　密教經典	心靈雅集編譯組	130元
㉚坐禪與養生	廖松濤譯	110元
㉛釋尊十戒	柯素娥編譯	120元
㉜佛法與神通	劉欣如編著	120元
㉝悟（正法眼藏的世界）	柯素娥編譯	120元
㉞只管打坐	劉欣如編譯	120元
㉟喬答摩・佛陀傳	劉欣如編著	120元
㊱唐玄奘留學記	劉欣如編譯	120元

㊲佛教的人生觀	劉欣如編譯	110元
㊳無門關（上卷）	心靈雅集編譯組	150元
㊴無門關（下卷）	心靈雅集編譯組	150元
㊵業的思想	劉欣如編著	130元
㊶佛法難學嗎	劉欣如著	140元
㊷佛法實用嗎	劉欣如著	140元
㊸佛法殊勝嗎	劉欣如著	140元
㊹因果報應法則	李常傳編	140元
㊺佛教醫學的奧秘	劉欣如編著	150元

・經 營 管 理・電腦編號01

◎創新經營管理六十六大計（精）	蔡弘文編	780元
①如何獲取生意情報	蘇燕謀譯	110元
②經濟常識問答	蘇燕謀譯	130元
③股票致富68秘訣	簡文祥譯	100元
④台灣商戰風雲錄	陳中雄著	120元
⑤推銷大王秘錄	原一平著	100元
⑥新創意・賺大錢	王家成譯	90元
⑦工廠管理新手法	琪　輝著	120元
⑧奇蹟推銷術	蘇燕謀譯	100元
⑨經營參謀	柯順隆譯	120元
⑩美國實業24小時	柯順隆譯	80元
⑪撼動人心的推銷法	原一平著	120元
⑫高竿經營法	蔡弘文編	120元
⑬如何掌握顧客	柯順隆譯	150元
⑭一等一賺錢策略	蔡弘文編	120元
⑮世界經濟戰爭	約翰・渥洛諾夫著	120元
⑯成功經營妙方	鐘文訓著	120元
⑰一流的管理	蔡弘文編	150元
⑱外國人看中韓經濟	劉華亭譯	150元
⑲企業不良幹部群相	琪輝編著	120元
⑳突破商場人際學	林振輝編著	90元
㉑無中生有術	琪輝編著	140元
㉒如何使女人打開錢包	林振輝編著	100元
㉓操縱上司術	邑井操著	90元
㉔小公司經營策略	王嘉誠著	100元
㉕成功的會議技巧	鐘文訓編譯	100元
㉖新時代老闆學	黃柏松編著	100元
㉗如何創造商場智囊團	林振輝編譯	150元
㉘十分鐘推銷術	林振輝編譯	120元

㉙五分鐘育才	黃柏松編譯	100元
㉚成功商場戰術	陸明編譯	100元
㉛商場談話技巧	劉華亭編譯	120元
㉜企業帝王學	鐘文訓譯	90元
㉝自我經濟學	廖松濤編譯	100元
㉞一流的經營	陶田生編著	120元
㉟女性職員管理術	王昭國編譯	120元
㊱ＩＢＭ的人事管理	鐘文訓編譯	150元
㊲現代電腦常識	王昭國編譯	150元
㊳電腦管理的危機	鐘文訓編譯	120元
㊴如何發揮廣告效果	王昭國編譯	150元
㊵最新管理技巧	王昭國編譯	150元
㊶一流推銷術	廖松濤編譯	120元
㊷包裝與促銷技巧	王昭國編譯	130元
㊸企業王國指揮塔	松下幸之助著	120元
㊹企業精鋭兵團	松下幸之助著	120元
㊺企業人事管理	松下幸之助著	100元
㊻華僑經商致富術	廖松濤編譯	130元
㊼豐田式銷售技巧	廖松濤編譯	120元
㊽如何掌握銷售技巧	王昭國編著	130元
㊾一分鐘推銷員	廖松濤譯	90元
㊿洞燭機先的經營	鐘文訓編譯	150元
51ＩＢＭ成功商法	巴克・羅傑斯著	130元
52新世紀的服務業	鐘文訓編譯	100元
53成功的領導者	廖松濤編譯	120元
54女推銷員成功術	李玉瓊編譯	130元
55ＩＢＭ人才培育術	鐘文訓編譯	100元
56企業人自我突破法	黃琪輝編著	150元
57超級經理人	羅拔・海勒著	100元
58財富開發術	蔡弘文編著	130元
59成功的店舖設計	鐘文訓編著	150元
60靈巧者成功術	鐘文訓編譯	150元
61企管回春法	蔡弘文編著	130元
62小企業經營指南	鐘文訓編譯	100元
63商場致勝名言	鐘文訓編譯	150元
64迎接商業新時代	廖松濤編譯	100元
65透視日本企業管理	廖松濤　譯	100元
66新手股票投資入門	何朝乾　編	180元
67上揚股與下跌股	何朝乾編譯	150元
68股票速成學	何朝乾編譯	180元
69理財與股票投資策略	黃俊豪編著	180元

⑦⓪黃金投資策略	黃俊豪編著	180元
⑦①厚黑管理學	廖松濤編譯	180元
⑦②股市致勝格言	呂梅莎編譯	180元
⑦③透視西武集團	林谷燁編譯	150元
⑦④推銷改變我的一生	柯素娥 譯	120元
⑦⑤推銷始於被拒	盧媚璟 譯	120元
⑦⑥巡迴行銷術	陳蒼杰譯	150元
⑦⑦推銷的魔術	王嘉誠譯	120元
⑦⑧60秒指導部屬	周蓮芬編譯	150元
⑦⑨精銳女推銷員特訓	李玉瓊編譯	130元
⑧⓪企劃、提案、報告圖表的技巧	鄭 汶 譯	180元
⑧①海外不動產投資	許達守編譯	150元
⑧②八百伴的世界策略	李玉瓊譯	150元
⑧③服務業品質管理	吳宜芬譯	180元
⑧④零庫存銷售	黃東謙編譯	150元
⑧⑤三分鐘推銷管理	劉名揚編譯	150元
⑧⑥推銷大王奮鬥史	原一平著	150元
⑧⑦豐田汽車的生產管理	林谷燁編譯	150元

•成功寶庫• 電腦編號02

①上班族交際術	江森滋著	100元
②拍馬屁訣竅	廖玉山編譯	110元
③一分鐘適應法	林曉陽譯	90元
④聽話的藝術	歐陽輝編譯	110元
⑥克服逆境的智慧	廖松濤 譯	100元
⑦不可思議的人性心理	多湖輝 著	120元
⑧成功的人生哲學	劉明和 譯	120元
⑨求職轉業成功術	陳 義編著	110元
⑩上班族禮儀	廖玉山編著	120元
⑪接近心理學	李玉瓊編著	100元
⑫創造自信的新人生	廖松濤編著	120元
⑬卡耐基的人生指南	林曉鐘編譯	120元
⑭上班族如何出人頭地	廖松濤編著	100元
⑮神奇瞬間瞑想法	廖松濤編譯	100元
⑯人生成功之鑰	楊意苓編著	150元
⑱潛在心理術	多湖輝 著	100元
⑲給企業人的諍言	鐘文訓編著	120元
⑳企業家自律訓練法	陳 義編譯	100元
㉑上班族妖怪學	廖松濤編著	100元
㉒猶太人縱橫世界的奇蹟	孟佑政編著	110元

㉓訪問推銷術	黃靜香編著	130元
㉔改運的秘訣	吳秀美　譯	120元
㉕你是上班族中強者	嚴思圖編著	100元
㉖向失敗挑戰	黃靜香編著	100元
㉗成功心理學	陳蒼杰　譯	100元
㉘墨菲成功定律	吳秀美　譯	130元
㉙機智應對術	李玉瓊編著	130元
㉚成功頓悟100則	蕭京凌編譯	130元
㉛掌握好運100則	蕭京凌編譯	110元
㉜知性幽默	李玉瓊編譯	130元
㉝熟記對方絕招	黃靜香編譯	100元
㉞男性成功秘訣	陳蒼杰編譯	130元
㉟超越巔峯者	C・加菲爾德著	130元
㊱業務員成功秘方	李玉瓊編著	120元
㊲察言觀色的技巧	劉華亭編著	130元
㊳一流領導力	施義彥編譯	120元
㊴一流說服力	李玉瓊編著	130元
㊵30秒鐘推銷術	廖松濤編譯	120元
㊶猶太成功商法	周蓮芬編譯	120元
㊷尖端時代行銷策略	陳蒼杰編著	100元
㊸顧客管理學	廖松濤編著	100元
㊹如何使對方說Yes	程　羲編著	150元
㊺如何提高工作效率	劉華亭編著	150元
㊻企業戰術必勝法	黃靜香編著	130元
㊼上班族口才學	楊鴻儒譯	120元
㊽上班族新鮮人須知	程　羲編著	120元
㊾如何左右逢源	程　羲編著	130元
㊿語言的心理戰	多湖輝著	130元
(51)扣人心弦演說術	劉名揚編著	120元
(52)八面玲瓏成功術	陳　羲譯	130元
(53)如何增進記憶力、集中力	廖松濤譯	130元
(54)頂尖領導人物	陳蒼杰譯	120元
(55)性惡企業管理學	陳蒼杰譯	130元
(56)自我啟發200招	楊鴻儒編著	150元
(57)做個傑出女職員	劉名揚編著	130元
(58)靈活的集團營運術	楊鴻儒編著	120元
(59)必勝交涉強化法	陳蒼杰譯	120元
(60)個案研究活用法	楊鴻儒編著	130元
(61)企業教育訓練遊戲	楊鴻儒編著	120元
(62)管理者的智慧	程　羲編譯	130元
(63)做個佼佼管理者	馬筱莉編譯	130元

㊿④智慧型說話技巧	沈永嘉編譯	130元
⑥⑤歌德人生箴言	沈永嘉編譯	150元
⑥⑥活用佛學於經營	松濤弘道著	150元
⑥⑦活用禪學於企業	柯素娥編譯	130元
⑥⑧詭辯的智慧	沈永嘉編譯	130元
⑥⑨幽默詭辯術	廖玉山編譯	130元
⑦⓪拿破崙智慧箴言	柯素娥編譯	130元
⑦①自我培育・超越	蕭京凌編譯	150元
⑦②深層心理術	多湖輝著	130元
⑦③深層語言術	多湖輝著	130元
⑦④時間即一切	沈永嘉編譯	130元
⑦⑤自我脫胎換骨	柯素娥譯	150元
⑦⑥贏在起跑點—人才培育鐵則	楊鴻儒編譯	150元
⑦⑦做一枚活棋	李玉瓊編譯	130元
⑦⑧面試成功戰略	柯素娥編譯	130元
⑦⑨自我介紹與社交禮儀	柯素娥編譯	130元
⑧⓪說NO的技巧	廖玉山編譯	130元
⑧①瞬間攻破心防法	廖玉山編譯	120元
⑧②改變一生的名言	李玉瓊編譯	130元
⑧③性格性向創前程	楊鴻儒編譯	130元
⑧④訪問行銷新竅門	廖玉山編譯	150元
⑧⑤無所不達的推銷話術	李玉瓊編譯	150元

・處世智慧・ 電腦編號03

①如何改變你自己	陸明編譯	120元
②人性心理陷阱	多湖輝著	90元
④幽默說話術	林振輝編譯	120元
⑤讀書36計	黃柏松編譯	120元
⑥靈感成功術	譚繼山編譯	80元
⑦如何使人對你好感	張文志譯	110元
⑧扭轉一生的五分鐘	黃柏松編譯	100元
⑨知人、知面、知其心	林振輝譯	110元
⑩現代人的詭計	林振輝譯	100元
⑪怎樣突破人性弱點	摩　根著	90元
⑫如何利用你的時間	蘇遠謀譯	80元
⑬口才必勝術	黃柏松編譯	120元
⑭女性的智慧	譚繼山編譯	90元
⑮如何突破孤獨	張文志編譯	80元
⑯人生的體驗	陸明編譯	80元
⑰微笑社交術	張芳明譯	90元

⑱幽默吹牛術	金子登著	90元
⑲攻心說服術	多湖輝著	100元
⑳當機立斷	陸明編譯	70元
㉑勝利者的戰略	宋恩臨編譯	80元
㉒如何交朋友	安紀芳編著	70元
㉓鬥智奇謀（諸葛孔明兵法）	陳炳崑著	70元
㉔慧心良言	亦　奇著	80元
㉕名家慧語	蔡逸鴻主編	90元
㉖金色的人生	皮爾著	80元
㉗稱霸者啟示金言	黃柏松編譯	90元
㉘如何發揮你的潛能	陸明編譯	90元
㉙女人身態語言學	李常傳譯	130元
㉚摸透女人心	張文志譯	90元
㉛現代戀愛秘訣	王家成譯	70元
㉜給女人的悄悄話	妮倩編譯	90元
㉝行為語言的奧秘	歆夫編譯	110元
㉞如何開拓快樂人生	陸明編譯	90元
㉟驚人時間活用法	鐘文訓譯	80元
㊱成功的捷徑	鐘文訓譯	70元
㊲幽默逗笑術	林振輝著	120元
㊳活用血型讀書法	陳炳崑譯	80元
㊴心　燈	葉于模著	100元
㊵當心受騙	林顯茂譯	90元
㊶心・體・命運	蘇燕謀譯	70元
㊷如何使頭腦更敏銳	陸明編譯	70元
㊸宮本武藏五輪書金言錄	宮本武藏著	100元
㊹厚黑說服術	多湖輝著	90元
㊺勇者的智慧	黃柏松編譯	80元
㊼成熟的愛	林振輝譯	120元
㊽現代女性駕馭術	蔡德華著	90元
㊾禁忌遊戲	酒井潔著	90元
㊿自我表現術	多湖輝著	100元
51女性的魅力・年齡	廖玉山譯	90元
52摸透男人心	劉華亭編譯	80元
53如何達成願望	謝世輝著	90元
54創造奇蹟的「想念法」	謝世輝著	90元
55創造成功奇蹟	謝世輝著	90元
56男女幽默趣典	劉華亭譯	90元
57幻想與成功	廖松濤譯	80元
58反派角色的啟示	廖松濤編譯	70元
59現代女性須知	劉華亭編著	75元

⑥〇一分鐘記憶術	廖玉山譯	90元
⑥①機智說話術	劉華亭編譯	100元
⑥②如何突破內向	姜倩怡編譯	110元
⑥③扭轉自我的信念	黃　翔編譯	100元
⑥④讀心術入門	王家成編譯	100元
⑥⑤如何解除內心壓力	林美羽編著	110元
⑥⑥取信於人的技巧	多湖輝著	110元
⑥⑦如何培養堅強的自我	林美羽編著	90元
⑥⑧自我能力的開拓	卓一凡編著	110元
⑥⑨求職的藝術	吳秀美編譯	100元
⑦〇縱橫交涉術	嚴思圖編著	90元
⑦①如何培養妳的魅力	劉文珊編著	90元
⑦②魅力的力量	姜倩怡編著	90元
⑦③金錢心理學	多湖輝著	100元
⑦④語言的圈套	多湖輝著	110元
⑦⑤個性膽怯者的成功術	廖松濤編譯	100元
⑦⑥人性的光輝	文可式編著	90元
⑦⑦如何建立自信心	諾曼・比爾著	90元
⑦⑧驚人的速讀術	鐘文訓編譯	90元
⑦⑨培養靈敏頭腦秘訣	廖玉山編著	90元
⑧〇夜晚心理術	鄭秀美編譯	80元
⑧①如何做個成熟的女性	李玉瓊編著	80元
⑧②現代女性成功術	劉文珊編著	90元
⑧③成功說話技巧	梁惠珠編譯	100元
⑧④人生的真諦	鐘文訓編譯	100元
⑧⑤妳是人見人愛的女孩	廖松濤編著	120元
⑧⑥精神緊張速解法	F・查爾斯著	90元
⑧⑦指尖・頭腦體操	蕭京凌編譯	90元
⑧⑧電話應對禮儀	蕭京凌編著	90元
⑧⑨自我表現的威力	廖松濤編譯	100元
⑨〇名人名語啟示錄	喬家楓編著	100元
⑨①男與女的哲思	程鐘梅編譯	110元
⑨②靈思慧語	牧　風著	110元
⑨③心靈夜語	牧　風著	100元
⑨④激盪腦力訓練	廖松濤編譯	100元
⑨⑤三分鐘頭腦活性法	廖玉山編譯	110元
⑨⑥星期一的智慧	廖玉山編譯	100元
⑨⑦溝通說服術	賴文琇編譯	100元
⑨⑧超速讀超記憶法	廖松濤編譯	120元

・健康與美容・電腦編號04

①B型肝炎預防與治療	曾慧琪譯	130元
③媚酒傳（中國王朝秘酒）	陸明主編	120元
④藥酒與健康果菜汁	成玉主編	150元
⑤中國回春健康術	蔡一藩著	100元
⑥奇蹟的斷食療法	蘇燕謀譯	110元
⑧健美食物法	陳炳崑譯	120元
⑨驚異的漢方療法	唐龍編著	90元
⑩不老強精食	唐龍編著	100元
⑪經脈美容法	月乃桂子著	90元
⑫五分鐘跳繩健身法	蘇明達譯	100元
⑬睡眠健康法	王家成譯	80元
⑭你就是名醫	張芳明譯	90元
⑮如何保護你的眼睛	蘇燕謀譯	70元
⑯自我指壓術	今井義睛著	120元
⑰室內身體鍛鍊法	陳炳崑譯	100元
⑱飲酒健康法	J・亞當姆斯著	100元
⑲釋迦長壽健康法	譚繼山譯	90元
⑳腳部按摩健康法	譚繼山譯	120元
㉑自律健康法	蘇明達譯	90元
㉓身心保健座右銘	張仁福著	160元
㉔腦中風家庭看護與運動治療	林振輝譯	100元
㉕秘傳醫學人相術	成玉主編	120元
㉖導引術入門⑴治療慢性病	成玉主編	110元
㉗導引術入門⑵健康・美容	成玉主編	110元
㉘導引術入門⑶身心健康法	成玉主編	110元
㉙妙用靈藥・蘆薈	李常傳譯	90元
㉚萬病回春百科	吳通華著	150元
㉛初次懷孕的10個月	成玉編譯	100元
㉜中國秘傳氣功治百病	陳炳崑編譯	130元
㉞仙人成仙術	陸明編譯	100元
㉟仙人長生不老學	陸明編譯	100元
㊱釋迦秘傳米粒刺激法	鐘文訓譯	120元
㊲痔・治療與預防	陸明編譯	130元
㊳自我防身絕技	陳炳崑編譯	120元
㊴運動不足時疲勞消除法	廖松濤譯	110元
㊵三溫暖健康法	鐘文訓編譯	90元
㊷維他命C新效果	鐘文訓譯	90元
㊸維他命與健康	鐘文訓譯	120元

㊺森林浴—綠的健康法	劉華亭編譯	80元
㊼導引術入門⑷酒浴健康法	成玉主編	90元
㊽導引術入門⑸不老回春法	成玉主編	90元
㊾山白竹（劍竹）健康法	鐘文訓譯	90元
㊿解救你的心臟	鐘文訓編譯	100元
51牙齒保健法	廖玉山譯	90元
52超人氣功法	陸明編譯	110元
53超能力秘密開發法	廖松濤譯	80元
54借力的奇蹟⑴	力拔山著	100元
55借力的奇蹟⑵	力拔山著	100元
56五分鐘小睡健康法	呂添發撰	100元
57禿髮、白髮預防與治療	陳炳崑撰	100元
58吃出健康藥膳	劉大器著	100元
59艾草健康法	張汝明編譯	90元
60一分鐘健康診斷	蕭京凌編譯	90元
61念術入門	黃靜香編譯	90元
62念術健康法	黃靜香編譯	90元
63健身回春法	梁惠珠編譯	100元
64姿勢養生法	黃秀娟編譯	90元
65仙人瞑想法	鐘文訓譯	120元
66人蔘的神效	林慶旺譯	100元
67奇穴治百病	吳通華著	120元
68中國傳統健康法	靳海東著	100元
69下半身減肥法	納他夏・史達賓著	110元
70使妳的肌膚更亮麗	楊　皓編譯	100元
71酵素健康法	楊　皓編譯	120元
72做一個快樂的病人	吳秀美譯	100元
73腰痛預防與治療	五味雅吉著	100元
74如何預防心臟病・腦中風	譚定長等著	100元
75少女的生理秘密	蕭京凌譯	120元
76頭部按摩與針灸	楊鴻儒譯	100元
77雙極療術入門	林聖道著	100元
78氣功自療法	梁景蓮著	100元
79大蒜健康法	李玉瓊編譯	100元
80紅蘿蔔汁斷食療法	李玉瓊譯	120元
81健胸美容秘訣	黃靜香譯	100元
82鍺奇蹟療效	林宏儒譯	120元
83三分鐘健身運動	廖玉山譯	120元
84尿療法的奇蹟	廖玉山譯	120元
85神奇的聚積療法	廖玉山譯	120元
86預防運動傷害伸展體操	楊鴻儒編譯	120元

⑰糖尿病預防與治療	石莉涓譯	150元
⑱五日就能改變你	柯素娥譯	110元
⑲三分鐘氣功健康法	陳美華譯	120元
⑳痛風劇痛消除法	余昇凌譯	120元
㉑道家氣功術	早島正雄著	130元
㉒氣功減肥術	早島正雄著	120元
㉓超能力氣功法	柯素娥譯	130元
㉔氣的瞑想法	早島正雄著	120元

•家庭／生活•電腦編號05

①單身女郎生活經驗談	廖玉山編著	100元
②血型•人際關係	黃静編著	120元
③血型•妻子	黃静編著	110元
④血型•丈夫	廖玉山編譯	130元
⑤血型•升學考試	沈永嘉編譯	120元
⑥血型•臉型•愛情	鐘文訓編譯	120元
⑦現代社交須知	廖松濤編譯	100元
⑧簡易家庭按摩	鐘文訓編譯	150元
⑨圖解家庭看護	廖玉山編譯	120元
⑩生男育女隨心所欲	岡正基編著	120元
⑪家庭急救治療法	鐘文訓編著	100元
⑫新孕婦體操	林曉鐘譯	120元
⑬從食物改變個性	廖玉山編譯	100元
⑭職業婦女的衣著	吳秀美編譯	120元
⑮成功的穿著	吳秀美編譯	120元
⑯現代人的婚姻危機	黃　静編著	90元
⑰親子遊戲　0歲	林慶旺編譯	100元
⑱親子遊戲　1～2歲	林慶旺編譯	110元
⑲親子遊戲　3歲	林慶旺編譯	100元
⑳女性醫學新知	林曉鐘編譯	130元
㉑媽媽與嬰兒	張汝明編譯	150元
㉒生活智慧百科	黃　静編譯	100元
㉓手相•健康•你	林曉鐘編譯	120元
㉔菜食與健康	張汝明編譯	110元
㉕家庭素食料理	陳東達著	140元
㉖性能力活用秘法	米開•尼里著	130元
㉗兩性之間	林慶旺編譯	120元
㉘性感經穴健康法	蕭京凌編譯	110元
㉙幼兒推拿健康法	蕭京凌編譯	100元
㉚談中國料理	丁秀山編著	100元

㉛舌技入門	增田豐　著	130元
㉜預防癌症的飲食法	黃静香編譯	120元
㉝性與健康寶典	黃静香編譯	180元
㉞正確避孕法	蕭京凌編譯	130元
㉟吃的更漂亮美容食譜	楊萬里著	120元
㊱圖解交際舞速成	鐘文訓編譯	150元
㊲觀相導引術	沈永嘉譯	130元
㊳初為人母12個月	陳義譯	130元
㊴圖解麻將入門	顧安行編譯	130元
㊵麻將必勝秘訣	石利夫編譯	130元
㊶女性一生與漢方	蕭京凌編譯	100元
㊷家電的使用與修護	鐘文訓編譯	130元
㊸錯誤的家庭醫療法	鐘文訓編譯	100元
㊹簡易防身術	陳慧珍編譯	130元
㊺茶健康法	鐘文訓編譯	130元
㊻如何與子女談性	黃静香譯	100元
㊼生活的藝術	沈永嘉編著	120元
㊽雜草雜果健康法	沈永嘉編著	120元
㊾如何選擇理想妻子	荒谷慈著	110元
㊿如何選擇理想丈夫	荒谷慈著	110元
(51)中國食與性的智慧	根本光人著	150元
(52)開運法話	陳宏男譯	100元
(53)禪語經典＜上＞	平田精耕著	150元
(54)禪語經典＜下＞	平田精耕著	150元
(55)手掌按摩健康法	鐘文訓譯	150元
(56)脚底按摩健康法	鐘文訓譯	150元
(57)仙道運氣健身法	高藤聰一郎著	150元
(58)健心、健體呼吸法	蕭京凌譯	120元
(59)自彊術入門	蕭京凌譯	120元
(60)指技入門	增田豐著	130元
(61)下半身鍛鍊法	增田豐著	150元
(62)表象式學舞法	黃静香編譯	180元
(63)圖解家庭瑜伽	鐘文訓譯	130元
(64)食物治療寶典	黃静香編譯	130元
(65)智障兒保育入門	楊鴻儒譯	130元
(66)自閉兒童指導入門	楊鴻儒譯	150元
(67)乳癌發現與治療	黃静香譯	130元
(68)盆栽培養與欣賞	廖啟新編譯	150元
(69)世界手語入門	蕭京凌編譯	150元
(70)賽馬必勝法	李錦雀編譯	200元
(71)中藥健康粥	蕭京凌編譯	120元

⑫健康食品指南	劉文珊編譯	130元
⑬健康長壽飲食法	鐘文訓編譯	150元
⑭夜生活規則	增田豐著	120元
⑮自製家庭食品	鐘文訓編譯	180元
⑯仙道帝王招財術	廖玉山譯	130元
⑰「氣」的蓄財術	劉名揚譯	130元
⑱佛教健康法入門	劉名揚譯	130元
⑲男女健康醫學	郭汝蘭譯	150元
⑳成功的果樹培育法	張煌編譯	130元
㉑實用家庭菜園	孔翔儀編譯	130元
㉒氣與中國飲食法	柯素娥編譯	130元
㉓世界生活趣譚	林其英著	160元
㉔胎教二八〇天	鄭淑美譯	180元
㉕酒自己動手釀	柯素娥編著	160元

・命理與預言・電腦編號06

①星座算命術	張文志譯	120元
③圖解命運學	陸明編著	100元
④中國秘傳面相術	陳炳崑編著	110元
⑤輪迴法則（生命轉生的秘密）	五島勉著	80元
⑥命名彙典	水雲居士編著	100元
⑦簡明紫微斗術命運學	唐龍編著	130元
⑧住宅風水吉凶判斷法	琪輝編譯	120元
⑨鬼谷算命秘術	鬼谷子著	150元
⑫簡明四柱推命學	李常傳編譯	150元
⑬性占星術	柯順隆編譯	80元
⑭十二支命相學	王家成譯	80元
⑮啟示錄中的世界末日	蘇燕謀編譯	80元
⑯簡明易占學	黃小娥著	100元
⑰指紋算命學	邱夢蕾譯	90元
⑱樸克牌占卜入門	王家成譯	100元
⑲Ａ血型與十二生肖	鄒雲英編譯	90元
⑳Ｂ血型與十二生肖	鄒雲英編譯	90元
㉑Ｏ血型與十二生肖	鄒雲英編譯	100元
㉒ＡＢ血型與十二生肖	鄒雲英編譯	90元
㉓筆跡占卜學	周子敬著	120元
㉔神秘消失的人類	林達中譯	80元
㉕世界之謎與怪談	陳炳崑譯	80元
㉖符咒術入門	柳玉山人編	100元
㉗神奇的白符咒	柳玉山人編	120元

㉘神奇的紫符咒	柳玉山人編	120元
㉙秘咒魔法開運術	吳慧鈴編譯	180元
㉚中國式面相學入門	蕭京凌編著	90元
㉛改變命運的手相術	鐘文訓編著	120元
㉜黃帝手相占術	鮑黎明著	130元
㉝惡魔的咒法	杜美芳譯	150元
㉞脚相開運術	王瑞禎譯	130元
㉟面相開運術	許麗玲譯	150元
㊱房屋風水與運勢	邱震睿編譯	130元
㊲商店風水與運勢	邱震睿編譯	130元
㊳諸葛流天文遁甲	巫立華譯	150元
㊴聖帝五龍占術	廖玉山譯	180元
㊵萬能神算	張助馨編著	120元
㊶神祕的前世占卜	劉名揚譯	150元
㊷諸葛流奇門遁甲	巫立華譯	150元
㊸諸葛流四柱推命	巫立華譯	180元

•教養特輯• 電腦編號07

①管教子女絕招	多湖輝著	70元
②正確性知識（美國中學副課本）	徐道政譯	80元
⑤如何教育幼兒	林振輝譯	80元
⑥看圖學英文	陳炳崑編著	90元
⑦關心孩子的眼睛	陸明編	70元
⑧如何生育優秀下一代	邱夢蕾編著	100元
⑨父母如何與子女相處	安紀芳編譯	80元
⑩現代育兒指南	劉華亭編譯	90元
⑪父母離婚你該怎麼辦	吳秀美譯	80元
⑫如何培養自立的下一代	黃静香編譯	80元
⑬使用雙手增強腦力	沈永嘉編譯	70元
⑭教養孩子的母親暗示法	多湖輝著	90元
⑮奇蹟教養法	鐘文訓編譯	90元
⑯慈父嚴母的時代	多湖輝著	90元
⑰如何發現問題兒童的才智	林慶旺譯	100元
⑱再見！夜尿症	黃静香編譯	90元
⑲育兒新智慧	黃静編譯	90元
⑳長子培育術	劉華亭編譯	80元
㉑親子運動遊戲	蕭京凌編譯	90元
㉒一分鐘刺激會話法	鐘文訓編著	90元
㉓啟發孩子讀書的興趣	李玉瓊編著	100元
㉔如何使孩子更聰明	黃静編著	100元

國立中央圖書館出版品預行編目資料

紅塵絕唱／海若著　--初版
--臺北市：大展，民83
面；　公分　--（心靈雅集；46）
ISBN 957-557-446-X（平裝）

855　　83003211

ISBN 957-557-446-X

紅塵絕唱

著　者／海　若
發行人／蔡　森　明
出版者／大展出版社有限公司
社　址／台北市北投區（石牌）
致遠一路二段12巷1號
電　話／（02）8236031・8236033
傳　眞／（02）8272069
郵政劃撥／0166955－1
登記證／局版臺業字第2171號

法律顧問／劉　鈞　男　律師
承印者／高星企業有限公司
裝　訂／日新裝訂所
排版者／千賓電腦打字有限公司
電　話／（02）8836052

初　版／1994年（民83年）6月

定　價／130元

大展好書 好書大展